AYA

MARIE-VIRGINIE DRU

AYA

roman

ALBIN MICHEL

À maman.
Pour Jean-Marie.

« Il y a une faille en toute chose
C'est ainsi que passe la lumière »

Leonard Cohen

Prologue

Aya court. Ses cris retentissent dans la forêt. Des ombres s'avancent, les bras encombrés.

Boubacar était arrivé chez elle quand la nuit tombait. Somnolant à même le sol, bouche ouverte, la mère d'Aya n'avait pas remarqué le sac de riz qu'il avait déposé comme d'habitude. Ça faisait longtemps qu'elle ne voulait plus savoir que son propre frère venait chercher sa fille. Et l'emporter loin de ses livres d'enfant. Aya pleurait fort mais cela n'étonnait plus personne ; les voisins avaient l'habitude d'entendre sa mère hurler. Ils se disaient que « la petite est aussi délabrée que cette pauvre Aïssatou… ». Chaque fois, Boubacar l'emmenait dans sa vieille Peugeot déglinguée et roulait à toute allure.

La petite fille n'a pas eu le temps de fermer son pagne. Elle le tient serré contre elle, mais il s'ouvre déjà comme s'il connaissait l'histoire. Elle a soif, elle a chaud, elle se sent fondre. Le moteur s'est arrêté au milieu des baobabs alignés comme une armée pétrifiée. Elle les implore de l'aider, mais elle n'entend déjà plus sa voix. Elle sait.

Les mains immenses lui arrachent le pagne, elle se recroqueville au fond du siège, espérant qu'un trou va s'ouvrir et l'engloutir. Mais les mains la soulèvent en serrant ses fesses tremblantes. Elle sait si bien. Elle reconnaît l'haleine puante qui se jette sur son ventre noué. Son corps se disloque lorsqu'il lui ouvre les jambes et qu'il s'enfonce si loin en elle. Elle se sent transpercée.

Aya plisse fort ses paupières pour ne pas voir. Pour retrouver ses prières. Pour la Vierge en souffrance qui sort son enfant de ses entrailles… et le ciel qui s'ouvre et les étoiles, les planètes qui dansent à la vitesse de son cœur. Ne plus sentir la sueur couler de son corps comme un ruisseau fétide, ni l'odeur qui lui bloque la gorge. Penser à chat perché pour ne pas entendre les râles puissants et incessants. Elle reconnaît l'intérieur de sa peau, de sa chair, de ses veines qui battent au rythme de son pouls. Les secondes, les minutes, les heures… prendre son âme à son cou et fuir. Sa tête se vide à mesure que son corps se remplit de ce liquide indécent. « Je vous salue Marie pleine de grâce », se répète Aya comme un mantra rédempteur. Et soudain tout s'arrête. Le ciel, les larmes englouties dans le silence.

Aya a complètement fondu quand il ouvre la portière. Elle se retrouve à terre comme une poupée de chiffon.

« Tu vas à pied, il faut que je rentre vite voir ma

femme et les enfants. Tu connais le chemin. Bye, petite cousine. »

Elle sent le pot d'échappement lui cracher dans la figure. Elle ne sait plus son nom.

1
Karabane

Lundi est déjà là.

Aya reconnaît ce jour qui arrive juste après dimanche. Hier encore, elle est allée dans l'église délabrée de son île se faire bercer par les paroles qui résonnaient au milieu des bougies.

Elle se lève rapidement, enfile son jean, balaie du regard la case vide, et se précipite dehors. Avec sa démarche de gazelle, elle va chercher sa mère qui s'est encore enfuie pendant la nuit. Elle la trouvera sûrement à l'entrée de la forêt, au pied du même baobab, à moitié nue, recroquevillée.

Aïssatou est là, adossée au grand arbre. Aya la prend sous les bras et la force à se lever. Sous le soleil de mai, elle la ramène en la tirant par la main, tel un enfant récalcitrant. Ses gémissements se mêlent aux chants des coqs et aux bêlements des chèvres.

Pour se donner des forces, Aya égrène comme un chapelet les jours de la semaine, lundi, mardi, mercredi, jeudi, vendredi, samedi, dimanche. Pour jeudi et dimanche, elle agrippe plus fort les doigts de sa mère. Jeudi, le jour où elle née et qui se dit Aya en wolof. Quant au dimanche… avec sa robe blanche, elle va au son des cloches dans son église écouter les prières et retrouver les voisins bien habillés. Ce jour-là se passe toujours bien. Surtout, ça n'est jamais arrivé un dimanche. Dans ses souvenirs emmêlés, elle est au moins sûre de ça.

Mais, aujourd'hui, sur l'île de Karabane, on est lundi. Les pêcheurs réveillent leurs barques. Et comme un lundi, elle ramène sa maman.

« Mauvaise fille ! Tu aurais pu me laisser tranquille ! J'étais bien près de lui ! » crie Aïssatou.

Aya ne lui répond plus, elle préfère écouter les enfants du village qui chantent leur gaieté matinale.

Le temps s'étire en longueur interminable. Après avoir traversé les bancs de sable entourés de mangrove, elles arrivent enfin vers leur petite case en paille. Aya est épuisée, sa mère, courbée, s'agrippe à elle comme une esclave rompue. Aya la couche sur le vieux matelas et la regarde. Elle trempe ses mains dans le seau d'eau posé au sol pour lui rafraîchir le visage. Les gouttes qu'elle dépose doucement sur le front de sa mère rejoignent le filet de bave qui coule sur son menton et forment un petit fleuve triste.

Aya s'éloigne du lit et retrouve ses gestes machinaux : elle lave les bols qui traînent et passe le balai comme on passe le temps. Dans la pièce silencieuse aux murs de terre, la lumière sombre est accablante. Elle sent dans son ventre cette douleur qui revient toujours. Elle a mal à sa mère.

Des images d'elle en petite fille joyeuse accrochée à son dos, se balançant au rythme doux de son souvenir, remontent à sa mémoire. Elle se concentre et retrouve l'odeur maternelle, mélange de karité, de citron et de chaleur qui efface d'un coup les effluves de vomi et de détresse. Elle respire fort pour se pénétrer de ce parfum d'avant qui lui donne des frissons et l'entraîne loin de son dégoût. Avant, quand son papa était vivant… Et son frère encore là.

Aïssatou s'est endormie et semble flotter en mer calme. La petite ramasse la glace ronde posée sur son lit, vestige d'un poudrier disparu. En voyant son reflet, elle se sent moins seule. Ses grands yeux noirs la regardent à travers le miroir. Elle esquisse un sourire pour se donner du courage, ses dents blanches lui claquent un bonjour, un *Kassoumaye* en pleine figure. Ce face-à-face la remet dans son lundi. Elle scrute la petite scarification posée au milieu de son large front comme une virgule oubliée, et même si son nez est un peu trop rond, elle se trouve jolie. Cela lui donne envie de sortir pour retrouver son ami Ousmane. Elle file hors de chez elle sans se retourner.

Sa case est un peu à l'écart. Elle court vers le village adossé à la mer, la douceur du vent chaud lui caresse les joues. Avec son grand sourire, elle salue tous ceux qu'elle croise, c'est Karabane tout entier qu'elle sent battre en elle. Sur la dune, elle marche au rythme rapide des chants des femmes au travail, puis à celui plus nonchalant des discussions des villageoises qui s'attardent au marché.

Elle s'arrête et embrasse Madeleine qui, son seau posé sur la tête, pile le mil pour en extraire le grain qui nourrira la famille. Aya va souvent chez elle. Depuis que sa mère ne la regarde plus, toutes les femmes du village l'accueillent et l'entourent. Il est presque midi et les vieux sont déjà dans leur ombre à palabres. Aya évite leurs regards noirs et leurs barbes blanches, elle craint leurs paroles prémonitoires qui, comme des sentences éternelles, pourraient s'abattre sur elle. Elle cherche partout son ami et le voilà qui déboule devant elle, essoufflé et rieur.

« Eh, Aya ! *Kassoumaye !* Tu vas bien ?

– Ça va, et toi ? Comment vont ta maman et ta petite sœur ?

– Super, on la baptise vendredi, tu sais, ce sera le huitième jour après sa naissance, on va faire la fête et bien sûr tu es invitée…

– Oh oui ! Elle doit être tellement mignonne, j'ai trop envie de la voir et n'oublie pas que je sais très bien garder les bébés… Viens te baigner avec moi, je peux aujourd'hui, je ne vais qu'à trois heures chercher les chèvres… S'il te plaît, on y va ? »

Ousmane ne peut pas résister à Aya. Il lui suffit de regarder sa jolie bouche qui déborde de son visage et, avant même d'avoir réfléchi, il dit « oui ».

Les voilà partis en courant vers la plage. À peine arrivés, ils se mêlent à l'attroupement créé par le retour de pêche de Moussa. Les boubous colorés autour de la barque bleue marchandent les sardines. Les enfants se rapprochent du bateau et regardent les poissons dont les écailles argentées réfléchissent la lumière comme dans un kaléidoscope. Tirés de leur rêverie par leur copain Joseph qui les entraîne hors du groupe, ils se précipitent vers la mer en lançant leurs habits en l'air.

Dès qu'Aya entre dans l'eau, elle se laisse envahir par sa fraîche douceur. Chair de poule. Les vagues se serrent contre elle pour calmer ses blessures, le murmure de la mer apaise son âme. Elle danse comme un dauphin, portée par les rouleaux, et remonte le temps pour se retrouver flottant dans le ventre de sa maman. Tout l'océan la submerge d'amour. Elle tape du pied pour sortir la tête hors de l'eau, et souffle fort dans l'air bruyant. Ses amis sont près d'elle et chantent à tue-tête : « *Sama Modou* Frère Jacques ! Dormez-vous ? Dormez-vous ? *Gnoundé yayoo diné.* Ding daing dong. Les cloches sonnent ! »

En entendant ce refrain, Aya éclate de joie et rit aux larmes. Le sel de ses pleurs se mélange à l'eau de mer, elle se dit que le bonheur a le goût salé. Comme si, à douze ans, Aya avait déjà usé toutes les larmes de son corps, elle sanglote toujours à sec. Ses yeux ne débordent qu'en écho à ses rires.

Les trois enfants retournent sur le sable, mouillés et heureux. Ousmane ramasse un caillou et le lance à la mer, vite imité par Aya et Joseph. Ils regardent fascinés les petites pierres rebondir sur l'océan devenu soudain si plat et dur. Ils s'imaginent être ces cailloux jetés comme des dés qui rebondissent à l'infini en faisant des ronds dans l'eau.

Mardi.

La nuit est passée, calme et profonde. Aïssatou dort encore quand Aya se réveille. Comme pour la remercier de ne pas être partie, Aya se colle contre elle. Petites cuillers bien rangées, leurs corps s'imbriquent. Aya n'ose pas respirer pour ne pas troubler cette douceur. Telle une esquisse trop vite gommée, sa mère ouvre les yeux et libère ses démons. Sous ses cris, Aya, habituée et soumise, va chercher le verre de lait et le lui tend. Aïssatou le lui arrache des mains et ne semble nullement gênée par la peau plissée qui recouvre le liquide. Elle le boit d'un trait. Aujourd'hui encore Aya doit emmener paître les chèvres de Monsieur M'Bop sur la bande de prairie, près de la rivière. Elle gagnera mille francs pour acheter le dîner.

Aya tient fièrement le grand bâton de roseau qui sert à guider les biquettes devant elle. Elle se tient prête à taper d'un coup ferme celle qui oserait s'égarer. Pour une fois, elle se sent forte et décidée à faire régner l'ordre, à punir les désobéissantes ingrates qui oublient trop vite que, si elles vont paître et boire, c'est grâce à elle. Toutes ces chèvres, trottinant avec leurs bébés collés à leurs flancs, bêlant à qui mieux mieux leur contentement, Aya les envie. Elle est jalouse de leur innocence. Parfois des pulsions dévastatrices cisaillent son cœur, comme si on lui avait jeté à pleine main des aiguilles maléfiques au fond de la poitrine. Son sang bout dans ses veines, son ventre devient dur comme l'acier, sa gorge se resserre, la laissant en apnée. Sur le chemin, elle regarde les palmiers à la mine hébétée, une immense fatigue la submerge.

Après une heure de marche à travers les chemins tortueux, elle arrive enfin, entourée de son troupeau, dans le vert clair où elle va s'installer pour l'après-midi. Elle s'assied à l'ombre du manguier et compte les chèvres du bout des doigts. Treize mamans et huit bébés… Elle les connaît toutes par leurs prénoms qu'elle s'était un jour amusée à leur donner. Elle regarde la plus petite âgée de deux semaines à peine qui tète avidement, le museau trempé. Aya est fascinée par les tétons immenses qui explosent de tendresse et de lait. Elle se calme. Un paysage aimé, un sourire, de belles paroles ou la main d'Ousmane dans la sienne, et sa colère tombe d'un coup. Le ciel est plus bleu, comme lavé par un orage qui aurait tout nettoyé.

Aya sait qu'après tout ira bien. Un jour elle partira avec Ousmane. Ils danseront et chanteront, entourés de mains accueillantes. Oui, demain tout ira bien, sa maman sera soignée par le marabout du village et son frère reviendra. Ils mangeront ensemble le thiéboudienne et dormiront à la belle étoile en regardant la lune. Son grand frère, parti en pirogue vers un autre pays, pour les sauver, elle et leur maman, leur avait promis de revenir. Personne ne sait où il est, mais Aya le voit encore si bien dans sa tête qu'elle le sait : il est vivant. Pas comme son père. Lui est vraiment mort ; d'ailleurs, elle ne voit plus du tout ni ses yeux, ni son sourire, ni ses mains, ni sa voix… Son papa est au fond de l'océan, près du grand bateau qui a coulé, elle était encore petite et cette histoire tellement entendue ne la fait même plus pleurer.

Elle regarde devant elle un brin d'herbe qui tremble dans les filets d'air et trouve que sa vie ressemble à ce léger mouvement. La rivière murmure au lointain une chanson douce. Ne pas avoir peur, juste s'accrocher à son socle fragile et s'ajuster aux vents. Maintenant, c'est toute la prairie qui danse et ses idées volent au gré des images qui flottent dans sa tête. Ses pensées passent de l'autre côté, elle sent le vide s'imposer. Les tresses dressées vers le ciel, les yeux mi-clos, Aya est en confiance. Le tintement des clochettes posées sur le cou des chèvres rejoint les vibrations des grandes cloches lointaines. Le temps passe. Il est déjà l'heure de rentrer au village. Mardi ferme ses volets.

Mercredi.

« Qui apporte la cola apporte la vie ! Deux cents francs pour un morceau de vie, c'est donné. Ah ! la belle vie.

– Eh ! ma chérie, tu ne t'arrêtes même pas pour voir mes belles oranges ? Tu as beau courir, tu ne dépasseras pas ton derrière ! »

Aya entend autour d'elle des *Kassoumaye* en pagaille.

« Et comment va ton père et comment vont ta femme et ton fils ?

– Aya, Aya, ma beauté, tu viens présentement regarder un peu mes mangues, comment tu vas, ma princesse ? Tu es la plus jolie disquette du village ! Tiens je te donne cette papaye et tu m'en diras des nouvelles… »

Étourdie par tous ces bruits, Aya regarde les femmes assises sur leurs nappes fleuries, près de leurs pyramides de tomates et de citrons. Elles mâchent d'un air désabusé leur bâton de cola. Leurs corps moulés dans des tissus d'or et de lumière rayonnent fièrement. Chaque mercredi au luma, le marché ambulant de Karabane, l'agitation est à son comble. Comme dans une opérette parfaitement orchestrée, au milieu des charrettes débordant de légumes, tirées dans un nuage de sable par des chevaux trop maigres, chacun joue son rôle.

Les artisans du village ont investi la place devant les cases qui s'agglutinent les unes aux autres. Ils exposent leurs créations posées à même le sol. Un grand arbre les sépare des marchandes de tissus. Ce baobab, torturé comme s'il avait poussé à l'envers, les racines vers le ciel, semble accueillir à bras ouverts les commerçants des villages voisins qui se bousculent pour installer leur fourbi. Ils déballent leurs magasins ambulants sur des toiles cirées et Aya est fascinée par tous ces trésors étalés : des vieux pneus métamorphosés en sandales, des grappes de soutiens-gorge énormes, roses et noirs, des gris-gris, amulettes et autres talismans infaillibles pour s'assurer fidélité, prospérité et longue vie ; bric à brac de fioles, racines, dents de lion, griffes de singe, crânes de lézard, cornes de bélier et autres dépouilles magiques.

Partout des petits groupes palabrent autour d'un thé à la menthe ou d'une partie de dames. Au rythme d'un djembé, une Diola imposante danse les fesses en arrière et le sourire devant : « *Am bir, am taat, saf ma na dem.* J'ai du ventre, j'ai des fesses, je vais mon chemin. »

Aya qui l'écoute depuis un moment se met à l'imiter. Elle se cambre un peu plus et, la tête bien droite, elle aussi va son chemin. Elle n'a pas vu sa tante Fatou qui vend ses noix de cajou, repliée dans un coin et qui l'appelle vivement. Aya se dirige alors vers elle en essayant de ne pas avoir l'air troublée.

« Bonjour, ma fille, tu as l'air bien gaie ! Comment va Aïssatou ? Tu lui donneras ça de ma part. » Elle lui tend un petit sac en plastique rempli de graines, fermé par un ruban noir. « Tu sais, j'ai pensé, si c'est trop dur, vous pouvez venir habiter à la maison. Boubacar t'aime beaucoup et les filles seraient si heureuses d'avoir une grande sœur… Je passe vous voir samedi… »

Fatou n'a pas terminé sa phrase, car une cliente à bijoux lui demande le prix de ses noix. Aya en profite pour filer. Dès qu'elle pense à son oncle, son cœur bat beaucoup trop vite. Elle se sent perdue. Égarée, elle regarde sans voir tout autour d'elle.

Soudain, deux mains chaudes lui couvrent les yeux, elle reconnaît le souffle d'Ousmane. « Je te cherche partout ! lui dit-il. Tu viens ? On va manger des huîtres grillées chez Mam Diaye, après on ira retrouver mon frère et ses copains au cimetière. Ça va être trop bien ! »

Il était toujours là au bon moment, son ange, pour la sauver.

Aya regarde les coquilles d'huîtres qui lui font penser à des berceaux vides et le goût de leur chair grillée au feu de bois emplit sa bouche. Elle pourrait en manger jusqu'au bout de sa vie ! Mais déjà Ousmane lui prend la main, ils se dirigent vers le cimetière qui longe la mer. C'est leur lieu de rendez-vous avec les grands qui ont tous au moins seize ans et tant de choses à raconter…

Aya et Ousmane sont étonnés de ne trouver personne au point de ralliement, juste devant la dernière demeure du capitaine Protêt. Même si c'est au moins la centième fois qu'elle la voit, le cœur d'Aya se soulève devant cette tombe si bizarre qui se tient toute droite. Il faut dire qu'Aristide Protêt, quand il s'était vu mourir, tué par une flèche empoisonnée, avait émis un souhait étrange : être enterré debout en uniforme. Il a été embaumé avec son chien à ses côtés. Il a eu une autre exigence : qu'une lucarne soit placée devant ses yeux pour pouvoir fixer ses ennemis jusqu'à la fin des temps.

Ousmane escalade la barrière qui protège la sépulture pour essayer de voir à l'intérieur par la petite fenêtre. Aya est terrorisée à l'idée de regarder la mort en face. Elle se sent scrutée par tous les cadavres qui l'entourent même s'ils n'ont pas tous une fenêtre devant leurs yeux.

« Ousmane, arrête, j'ai peur.

– Moi aussi, mais c'est trop bien d'avoir peur, dit-il, le nez collé à la vitre. De toute façon je peux rien voir, dedans c'est tout blanc. Ils étaient fous, ces colons ! C'est tellement bizarre de vouloir rester debout pour toujours… On est tellement mieux couché ! Moi je m'en fiche de mourir, j'ai juste très peur que tu m'oublies si je suis sous la terre.

– Pfft ! tu sais bien que c'est pas possible. Je partirai avec toi. Mais on ira plutôt mourir dans la mer, on sera bercés par les vagues, et pas enfermés comme ceux qui sont là. Flotter avec toi pour toujours, ça j'aimerais. »

Leur conversation est interrompue par l'arrivée des cinq grands gaillards : « Salut, les p'tits ! Alors, Capt'ain Aristide va bien ? Fais gaffe. Ousmane, il aime pas être dérangé. Il va sortir et te fesser. Ah ah ! »

Ousmane quitte précipitamment l'enclos et claque les mains de ses potes et de son frère, qui s'exclame :

« Eh les mecs, vous savez quoi ? J'ai une grande nouvelle. Les vieux ont parlé. Il paraît que la cérémonie d'initiation va avoir lieu bientôt ! Même toi, p'tit frère, tu iras dans le bois sacré rencontrer les esprits qui vont te torturer ! On va manger les racines et savoir ce qu'on ne nous a jamais dit. Connaître les mystères… J'espère qu'on va pas y rester.

– J'y crois pas ! Comment tu sais ?

– Parce que je sais tout, c'est tout ! réplique Léopold en allumant un mégot de cigarette. D'ailleurs, je vais demander aux esprits de la forêt quand je pourrai partir d'ici. J'en ai marre de cette île, c'est toujours pareil, rien à faire. Je veux aller à Dakar, et même plus loin… Eh, Diawe, tu viendras avec moi, hein ? On ira dans les boîtes tous les soirs saboter les donzelles. Ici y a que des bébés comme Aya, avec du lait qui sort de leurs narines ! *Yeah man ! Give me five !* »

Aya baisse les yeux, vexée. S'il savait tout ce qu'elle est… tout ce qu'elle sait… Elle aussi pourrait survivre dans le bois sacré en parlant aux arbres et en croquant leurs racines. Elle a toujours voulu être un garçon ; elle déteste ses seins qui commencent à pousser. Le soir, dans son lit, elle essaie de les écraser avec ses mains pour qu'ils restent à l'intérieur. D'ailleurs elle n'a pas d'amies filles, elles sont trop bêtes. Juste intéressées par leur vernis rose et leurs jolies tresses. Aya examine les petits poils sur le menton de Léopold, elle trouve ça beau. Elle aussi veut partir à la grande ville.

« Eh bien, moi, mon grand frère, il est arrivé à la France, dit-elle en mentant sincèrement. Il m'a écrit une lettre et il m'a demandé de le rejoindre. »

Devant la mine ébahie des ados blasés, Aya se dit qu'elle est peut-être allée un peu loin, mais elle est tellement contente d'avoir marqué un point. Ils en restent bouche bée.

« Bon, il faut que je rentre, j'ai beaucoup de choses à rapporter chez moi. À demain ! » dit-elle en s'éloignant, ses sacs en plastique remplis de fruits se balançant à ses mains.

Silence de mort parmi les garçons.

Jeudi.

Aya se trouve dans la maison de son oncle. Il s'approche d'elle et soudain l'océan arrive de tous les côtés, les vagues arrachent le toit. Aya sent l'eau monter jusqu'à son cou, elle veut crier, mais aucun son ne sort de sa bouche. Son frère apparaît et la prend dans ses bras, mais ils sont emportés par une vague. Ils se débattent et Aya arrive enfin à hurler…

Elle ouvre les yeux, réveillée par le bruit des pas de sa mère qui sort en courant. Des gouttes de sueur coulent sur son front. Les images de son cauchemar s'emmêlent. Elle n'a pas le courage de rappeler Aïssatou qui s'enfuit alors que le jour vient juste de se lever.

« Oh ! et puis après tout, qu'elle fasse ce qu'elle veut. J'en ai assez de la surveiller et de l'empêcher de se blottir contre son arbre adoré », pense-t-elle en s'asseyant sur son lit.

D'habitude, Aya aime plonger dans ses nuits, ses rêves en couleurs lui donnent un peu de répit. Mais cette fois, sans permission, ses angoisses ont envahi ses songes.

Les premiers rayons de soleil s'introduisent à travers les nattes de palétuvier qui ont servi à construire la case. Une lumière floue enveloppe chaque détail de cet univers délabré. Le matelas à rayures posé sur le sol garde encore l'empreinte du corps de sa mère. Des mouches sont plaquées contre des cartons empilés. Dos à dos, tournés contre la terre, les bols sales ont l'air de se mépriser. Des tissus empilés attendent sagement, des coquillages desséchés s'ennuient.

Collée dans un coin, une petite photo de son frère, en noir et blanc et avec les bords ondulés, la regarde en souriant. Aya se lève pour qu'enfin quelque chose bouge dans ce lieu sans vie. À ses pieds, une colonie de fourmis affairées se dirige en rangs serrés vers les tasses. Elle se baisse pour les examiner de plus près.

« Oh ! *Kassoumaye !* Merci d'être venues me saluer. Vous, au moins, vous avez tellement l'air de savoir ce que vous voulez faire. »

Aya est fascinée par celles qui guident, celles qui traînent et celles qui portent des fardeaux énormes, festins de miettes ordinaires. Elle s'imagine rampant parmi elles, portant sa mère sur le dos. Elle s'allonge près de ce monde miniature et réfléchit à ce qu'elle devrait faire. Pas maintenant, pas aujourd'hui, non, mais plus tard quand elle sera grande. En fermant les yeux, elle revoit son frère et les images incohérentes de son rêve. Il se tenait près d'elle, c'était vraiment lui, c'était vraiment son regard, ses mains. Elle se rappelle quand il l'emmenait grimper aux arbres pour cueillir dans les nids les petits œufs bleu pâle qui les faisaient rêver. Ou quand ils allaient dans les marécages espionner les tortues énormes qui semblaient si vieilles. Elle repense au jour de son départ, une nuit de septembre juste avant les récoltes. Il y a deux ans et sept mois. Aya a compté.

Elle se souvient de l'odeur de son grand frère ce soir-là, mélange de sueur, d'angoisse et de musc. Ce musc qui devait le protéger et qu'avait appliqué sur tout son corps la vieille Lucie Diatta. Il avait serré Aya tellement fort qu'elle étouffe encore aujourd'hui quand elle y pense. Il lui avait promis juré de revenir, crois-moi, croix de bois. Les étoiles brillaient, on voyait comme en plein jour. Elle avait regardé la barque s'éloigner, emportée dans les plis des vagues. Comme si tout le sable de la plage était entré dans ses yeux, elle avait pleuré toute la nuit et le lendemain et les jours suivants. Du lundi au samedi, toutes ses larmes.

« Il est où aujourd'hui ? Pourquoi plus rien de lui ? »

Alors que le soleil débarque, Aya ouvre les yeux et

penche la tête. La voilà nez à nez avec les fourmis retardataires qui ferment la marche. Elle leur sourit et se lève d'un coup. Elle sort de sa case, ramasse le bidon d'eau et s'en asperge la figure.

Tous les jeudis, Aya se dit que c'est sa fête. À cause de son prénom, à cause du jour où elle est née. Ses parents attendaient un garçon, ils n'avaient pas de prénom pour elle. Aujourd'hui c'est jeudi, ça se dit *Aya*... Ce sera Aya alors !

Ça lui fait presque mal quand elle pense à elle bébé, se balançant sur le dos de sa maman. Il paraît qu'elle ne la quittait jamais. Elles devaient être si bien. Et plus tard quand elle est allée à l'école, elle rentrait toujours en courant tellement vite pour la retrouver qu'elle tombait sans arrêt. Sa maman, si douce, la plus belle. Elle marchait comme on danse et chantait toujours en préparant le dîner. Pourquoi tout a changé depuis ce jour, depuis l'accident, le terrible naufrage du *Joola* ? « Pire que le *Titanic* », lui a dit Ousmane.

Le ferry emmenait son papa chaque semaine à Dakar pour qu'il vende son riz et ses arachides.

Le bateau trop rempli, les passagers étaient entassés comme des milliers de fourmis. Il pleuvait tellement, l'orage a tout dévasté. Ils étaient enfermés dans la soute, ils ont tapé, ils ont hurlé, mais ils sont restés prisonniers de la mer.

Maman qui courait, son pagne de travers. Aya se

demandait pourquoi elle partait si vite, si loin d'elle. Elle allait tomber, se faire mal. Aya avait raison. Sa maman a eu très mal. Si mal que sa raison a vacillé. Si mal que des oiseaux noirs ont fait des nids dans sa tête. Si mal qu'elle ne voulait plus les voir, elle et son frère.

Leur oncle et sa femme les ont recueillis pour un temps. Ils leur ont tout raconté. Après le naufrage, leur maman était partie jusqu'à Dakar pour essayer de retrouver leur père. On l'avait fait attendre plusieurs jours avec plein de gens dehors, devant la mairie. Ils dormaient sur le trottoir. Un matin on les a fait entrer dans une immense salle très éclairée. Sur une grande table dorée, des centaines de photos des corps repêchés. Il fallait reconnaître celui qu'on avait perdu. Aïssatou a dû regarder une par une ces images d'enfants, de femmes, d'hommes écorchés, mutilés. Des visages boursouflés. Des centaines d'yeux ouverts comme ceux des poissons qu'on voit sur le marché. Les hurlements, les gens qui s'effondraient, la douleur, l'horreur.

Et lui, son homme, son mari, son ami, n'était sur aucune des photos. Elle s'y est reprise à deux fois, ne sachant plus si elle espérait le trouver ou non. Comme plus de mille cinq cents autres, il était resté enfermé dans son tombeau d'acier.

Aïssatou était rentrée seule. À pied, en voiture, en bateau, elle a traversé le pays pour retrouver son île qu'elle n'avait jamais quittée jusque-là. Elle n'a pas mangé, pas dormi. Une fois arrivée à Karabane, elle s'est effondrée juste devant l'embarcadère, à l'exact endroit où elle avait vu son mari pour la dernière fois. Ses yeux se sont fermés sur sa vie d'avant et malgré les efforts des villageois qui ont tout fait pour la sauver, son cœur est resté dans la soute du *Joola*.

Elle a mis sur son visage le masque d'une autre maman.

Plusieurs mois après, Boubacar a ramené Aya chez elle, c'était le début de la nouvelle année. La petite fille avait tellement hâte de revoir sa maman ; elle voulait courir, elle riait et parlait beaucoup. Elle ne comprenait pas pourquoi son oncle lui serrait la main si fort.

Ils sont entrés dans la case. C'était un vendredi, Aya avait eu sept ans le jour d'avant. Sa maman ne s'était pas levée en lui ouvrant les bras comme elle le faisait toujours. Aya avait lâché la main de Boubacar pour se précipiter contre elle et s'était retrouvée collée à un corps inerte. On lui avait changé sa maman : les cheveux hirsutes, les yeux plissés, même sa peau avait l'air d'être tombée.

« Maman, maman ! C'est moi, Aya ! Maman, j'ai eu sept ans hier. Maman, t'es où ? »

La petite fille, habillée de sa plus belle robe, la rose, a crié ces mots et s'est retournée vers son oncle. Il lui a dit cette phrase qui la réveille encore : « C'est toujours ta maman. Mais elle a été possédée par un méchant djinn. C'est ta maman de maintenant. Il faut que tu prennes soin d'elle, elle ne pourra plus jamais t'aider. »

Un son éraillé est sorti de la bouche d'Aïssatou : « De l'eau, de l'eau ! »

Aya s'est levée pour aller chercher l'eau qu'elle a rapportée à sa mère. Elle a compris.

Oui alors, qui je serai demain ?

Aya sait maintenant que tout change si vite, les jours, les années, les mamans. Elle met son pagne rouge avec les oiseaux dessus, le noue bien serré, et sort vite pour attaquer cette nouvelle journée. Elle va se baigner dans la rivière, puis ira garder les chèvres comme chaque jeudi.

Elle décide d'aller chercher sa mère seulement quand le soleil aura disparu. Elle a le temps, tout ce temps pour réfléchir. Les heures du jeudi se dissipent lentement.

Vendredi.

Il est plus de dix heures et demie quand Aya se dirige vers le village pour assister au baptême de la petite sœur d'Ousmane. Aya en avait eu un différent comme sa maman est chrétienne. Elle s'est faite belle, a essayé de bien ranger ses nattes, elle sent l'air qui la cajole.

Hier, en fin de journée, alors qu'elle s'apprêtait à chercher sa mère, elle a eu la surprise de la voir arriver. Sa maman lui a même souri en la voyant. Elle semblait tranquille. Aya a eu envie de se coller contre elle, mais n'a pas osé. Aïssatou avait passé la journée près de son arbre fétiche, contre lequel elle ressentait les résonances de son mari et de son fils. Elle leur avait parlé, les avait touchés, et s'était endormie. Elle y avait puisé la force de retourner chez elle.

Aya était aux anges de voir sa maman si calme. Avec application, elle a préparé le riz et a cuisiné les légumes qu'elle avait achetés sur le chemin du retour. Après le dîner, elles ont chanté, main dans la main, pas trop près quand même. Ce soir-là, Aya s'est endormie si vite qu'elle n'a pas eu le temps de parler à la Sainte Vierge comme elle le fait souvent.

Maintenant, Aya arrive sur la place, devant la petite mosquée en terre, construite tout près de la grande église. La cérémonie du baptême a eu lieu ici au milieu du village. Elle est en retard et arrive juste à temps pour voir la petite sœur d'Ousmane dans les bras de son papa. L'imam parle avec la maman. Leurs autres enfants et les cousins sont derrière. Aya s'avance et les embrasse. Par le baptême, le bébé reçoit un prénom et peut faire partie de la famille. Ousmane sort d'un amas de boubous, elle a du mal à le reconnaître cintré dans son costume violet tellement chic.

« Elle s'appelle Kadijatou. L'imam a choisi ce prénom, c'est superbeau, tu trouves pas ? Kadijatou Cakou, c'est ma sœur… comme on a dû lui raser ses cheveux, sa tête ressemble à un ballon de foot, regarde ! »

Aya fixe le bébé, et surtout ses petites mains qui sortent de la longue robe en dentelle. Elle sait que

Kadijatou, comme tous les nouveau-nés, tient dans ses poings fermés les clés du paradis, on lui a si souvent raconté. Elle s'imagine un instant les lui voler et partir en courant.

Elle prend place dans le cortège bruyant d'hommes en boubous de gala et de princesses endimanchées. Beaucoup d'entre elles portent un enfant sur le dos, empaqueté dans des tissus lumineux. Aya est éblouie par cette joyeuse cohue qui suit Ousmane. Il les guide vers sa maison où la fête va se dérouler. On dirait que toute l'île est invitée, à chaque coin de rue, on entend de nouveaux *Salam aleykoum ! Aleykoum salam !* C'est comme si le village allait déborder.

Aya est grisée par cette gaieté qui la frôle. Elle regarde arriver les invités au son d'un tam-tam qui annonce le début des festivités. Le vin de palme coule à flots, avec les jus de caroubier et de gingembre. Les voix se libèrent, on hurle des louanges pour l'enfant, sa famille, le Tout-Puissant. Pendant que les femmes accroupies préparent les plats autour d'un brasero, Aya aperçoit derrière le baobab la chèvre qu'on est en train d'égorger. Elle se débat si peu qu'Aya pense qu'elle est sûrement consentante. Peut-être même est-elle heureuse de donner sa vie pour Kadijatou. Après tout, c'est tellement mieux de mourir pour quelqu'un, surtout pour un bébé, que de mourir pour rien. Elle voit la tête de l'animal posée de côté, le sang couler, les hommes autour parler, elle détourne les yeux pour se plonger dans la fête qui bat son plein.

Le papa d'Ousmane prend la parole et le brouhaha se calme d'un coup.

« Le bonheur est de vivre l'espoir que celui qui vient de naître fera la fierté de sa nation et de sa famille. Ma fille, *Kadijatou Cakou*, tu seras notre fierté. »

Le bébé passe de mains en mains, on le couvre de gris-gris, on le touche, on l'embrasse, on le caresse, on le bénit, on le respire, et puis on l'oublie. Les tam-tams ont repris de plus belle, et les pieds commencent à marteler le sol dans la poussière du soleil. Doucement d'abord, puis de plus en plus vite, l'une après l'autre, des jeunes filles créent un cercle et entrent dans le rythme. Les jambes se lèvent, s'écartent, on tient les pagnes à pleines mains, puis les bras s'envolent en tourniquet vers le ciel pour la danse du ventilateur-climatiseur. Encouragée par les rythmes puissants, Aya se laisse aller dans cette ronde improvisée. Elle sent son corps transporté dans un flot de mouvements et danse comme si elle se parlait en silence. Ses gestes passent de la lenteur à la frénésie. Elle va au plus profond d'elle et vole autour de ses déséquilibres. Ce n'est plus elle qui tourne sur la terre, mais la terre qui tourne en elle. Tout s'inverse, son chagrin se transforme en joie, elle retrouve le rythme de la vie.

Une petite fille lui prend la main, elles sautent, ondulent et sortent en farandole du cercle magique. Aya sent son cœur battre fort, elle voudrait danser pour toujours. La chaleur est à son apogée. À bout de souffle, les deux fillettes se jettent sur les verres que leur tendent leurs amis. Aya est heureuse à l'idée que la fête va durer jusqu'au soir. De grands plats de poulet yassa et de mil aux crevettes sont déposés sur des nattes, tous se précipitent pour les dévorer à pleines mains. Aya plonge ses doigts fins dans le riz. Déliciosité. Sa tête tourne encore, elle se dit que si tous les jours étaient aussi beaux, elle ne pourrait pas les reconnaître. Ça, ce serait vraiment triste.

Après le déjeuner, elle court, elle chante, elle écoute des histoires trop drôles, elle boit même du vin de palme en cachette avec Comba et Ousmane.

Quand elle rentre chez elle, elle est pompette.

Samedi.

Elle a déjà lavé les bols, habillé sa maman qui avait l'air si fatiguée qu'elle l'a aussitôt recouchée. Elle sort de la maison sans savoir pourquoi. C'est toujours pareil, le samedi, elle s'entraîne à traîner.

Elle passe par le chemin qui longe le marécage et arrive à la plage. Le sable si blanc fait mal aux yeux, elle jette ses tongs pour marcher vers la mer. Ses doigts de pied s'enfoncent dans le sable mouillé. Les traces de ses pas sont la preuve de son existence. Aya les regarde, elle a des doutes sur beaucoup de choses, et surtout sur elle. Elle croit souvent qu'elle n'est pas vraiment là où elle est. Elle retourne sur ses pas et les piétine pour disparaître.

Sans s'en rendre compte, elle arrive de l'autre côté de son île.

« *Kassoumaye !* Aya, ça fait belle lurette ! Où étais-tu, j'avais ta nostalgie… Comment va ta maman ? »

Elle reconnaît Cissé, toujours planqué dans son trou creusé autour d'un arbre, au milieu de ses bouteilles de sable. Si beau avec son chapeau pointu, des énormes colliers sur ses chemises superposées, des badges et des écussons partout, une ceinture multicolore et des mains pleines de bagues et de bracelets. Il l'impressionne beaucoup. Elles sont tellement jolies, ces fioles en verre remplies de sables de toutes les couleurs. À l'aide de ses pailles, il compose de grands paysages dans les petites bouteilles. Il a appris à le faire dans un pays lointain où les gens ont les yeux plissés. C'est le Pays du Soleil levant et pourtant, Cissé y fut malheureux. Il en était vite reparti. Maintenant, il voyage dans les lignes d'horizon qu'il trace avec sa paille.

« Parler, c'est comme deux mains qui se tiennent, les paroles créent le lien. » Il dit de belles choses, d'une voix si douce qu'il faut se pencher pour l'entendre. Ses mots sont précis comme ses gestes.

Aya se lance : « Oui, la vie va bien, merci ! S'il te plaît, tu peux encore me raconter le roi Diola… Il est toujours dans la forêt ? Et l'initiation, c'est pour cette année ? Tu dois le savoir, non ? »

Il répond, en regardant au loin : « Oui, ma fille, tu veux savoir quoi sur le roi Diola ? Ce roi qui est toujours habillé en rouge… Il vit dans le bois sacré depuis plus de dix ans. Il est tout seul dans son royaume de lianes. Je me souviens du jour où le conseil des Anciens l'a désigné pour devenir gardien de nos fétiches. Il était triste de devoir quitter sa femme et ses enfants. Maintenant il connaît tous les mystères de la vie. Une fois dans le bois sacré, les futurs initiés vont savoir… Car oui, ma belle, c'est bien en juillet que va avoir lieu l'initiation. Ce n'est pas trop tôt, certains sont partis d'ici avant d'être initiés, c'est si triste pour eux, ils n'auront jamais le respect.

– C'est vrai, c'est le cas de mon frère, j'aimerais tant qu'il revienne pour être initié.

– J'espère aussi qu'il va revenir… Mais, écoute, je veux que tu saches une chose importante : le jour de la fête du départ dans le bois sacré, il faudra faire très attention. Ce jour-là, il doit y avoir au moins un mort, car le sang doit couler. On ne sait pas qui va mourir. On dira que c'est un accident, ou de la malchance. La dernière fois, c'est un vieux fusil trop chargé de poudre et de son de riz qui s'est échappé des mains d'Adama Sambou et s'est retourné contre lui. Le coup est parti. C'était mon ami, son visage a explosé, il est tombé net. On l'a vite emporté et personne n'a rien dit. Le *Bukut*, c'est tellement important pour nous, plus que la mort… C'est notre troisième naissance, après le premier cri et le baptême.

– Avant, on n'existe pas pour de vrai ?

– C'est un peu ça, c'est surtout ce jour-là qu'on quitte le royaume de l'enfance pour devenir quelqu'un. Moi-même, quand je suis sorti du bois sacré, je n'ai pas vraiment reconnu ma mère. Elle a beaucoup pleuré, mais elle était fière aussi. Depuis, il y a cette distance entre elle et moi, c'est l'homme que je suis devenu. »

Aya boit les paroles de ce voyageur immobile. Puis elle pense à Ousmane qui va partir dans le bois sacré. Et s'il ne la reconnaissait pas ? S'il changeait lui aussi ? Elle voudrait se glisser dans une de ces bouteilles en verre et ne plus jamais en sortir.

En voyant Aya devenir songeuse, Cissé arrête de parler et lui prend la main pour lui enseigner à mettre le monde en bouteille. Il aime transmettre. Il la guide avec douceur, elle s'applique pour tracer les lignes bleues qu'elle aimerait emprunter. Les grains de sable tombent comme une pluie de couleurs pour créer un arc-en-ciel. Ensemble, ils remplissent en silence plusieurs bouteilles. Il lui en donne une, la plus réussie, qu'elle serre contre son cœur.

Elle se jette dans ses bras pour le remercier et part vite avec son trésor vers la maison d'Ousmane. Ce sera son cadeau pour le baptême de Kadijatou, elle a hâte de le lui donner.

Dimanche.

Tout doucement, Aya ouvre la grande porte déjà fermée, et se faufile vers le côté droit, celui des femmes. Elle s'assied sur une petite chaise en bois, coincée près d'une mère de famille plantureuse, avec ses deux garçons en costume sur ses genoux. Aya a du mal à voir le curé, car toutes ces dames du dimanche ont sorti leurs chapeaux, leurs sacs et leurs robes à froufrous. Son regard est attiré par la lumière des vitraux qui se dépose sur le visage de la Vierge. Les yeux de Marie, soudain éclairés, regardent Aya. Les paroles de l'homme à la robe blanche s'élèvent au milieu des cris d'enfants et des soupirs des femmes qui s'éventent avec leur missel. Elle se lève, se rassied, s'agenouille et se laisse envahir par les mots qui résonnent au plus profond d'elle. Il est question de sacrifice, de partage, d'aimer l'autre plus que soi-même. Elle s'étonne du murmure de ses voisins quand le prêtre demande que l'on pardonne à ceux qui nous ont offensés. Elle se penche vers l'allée pour mieux entendre et regarder le prêtre, ses lunettes sur le nez, qui dit des phrases si belles qu'elle essaie de les retenir : « Notre prochain, ce n'est pas notre voisin, c'est le voisin du voisin… Plus nous nous élevons et plus nous paraissons petits à ceux qui ne savent pas voler… Qu'est-ce qui est mauvais ? Tout ce qui vient de la faiblesse. »

L'ambiance est si bruyante que certains mots s'échappent, laissant dans le sermon des blancs à combler. Il n'en reste que la moitié ; c'est presque un jeu, essayer de les retrouver pour comprendre ce que le curé veut dire. Aya en perçoit surtout la musique. Elle pense qu'il suffit de croire pour que ses péchés soient pardonnés. Ses péchés, d'ailleurs, elle ne sait pas ce qu'ils sont. Mais elle doit en avoir commis, c'est sûr.

« Où voulons-nous donc aller ? Voulons-nous franchir la mer ? Mais où donc nous entraîne ce désir puissant qui compte pour nous plus qu'aucune joie ? »

Lancé dans son sermon, le prêtre tient ses lunettes d'une main et de l'autre le grand livre doré. Il parle avec tout son corps des départs et des migrations, emporté par la fièvre de ses mots. Ses bras et ses pieds battent en cadence. Il invoque la résignation, la fuite, la trahison que vivent ces jeunes qui partent avec de faux espoirs. Il décrit les corps repêchés, les vies brisées, les familles détruites. Il est persuadé que ce chemin n'est pas le bon, qu'il faut savoir attendre et faire confiance. Aya est intriguée par ce mot « confiance » qui vibre dans la bouche du curé et qui vole de ses propres ailes jusqu'aux vitraux poussiéreux contre lesquels il bute et s'assomme.

Le cœur des fidèles entame « Comme un souffle fragile ». Aya mêle sa voix à la chorale. Puis les mains se touchent, on se donne l'amour du prochain. Les petits jumeaux se jettent dans ses bras, elle les serre avec tendresse.

Elle prend place dans la file, fébrile et rayonnante pour marcher vers la lumière et recevoir l'hostie divine. En revenant à sa place, elle sent fondre sur sa langue l'humanité tout entière. Le corps de Dieu. Elle n'ose plus bouger ses lèvres, ne pense plus. À la frontière d'un mystère trop grand, elle se sent à la fois rien du tout et au-dessus de tout.

Elle appelle son frère, sûre qu'il est avec elle et qu'il a entendu les paroles qui le concernaient. Elle sourit, car elle sait qu'il va revenir. Et tous les sauver. Elle regarde la grande croix derrière l'autel et le corps de Jésus qui n'est pas mort, puisqu'il vit en elle.

Quand elle sort de l'église, la lumière aveuglante la force à fermer les yeux. Elle ne veut plus les ouvrir. Rester comme ça encore un peu.

2
Boubacar

En sortant de la mairie, il se dirige machinalement vers sa maison. Il est juste dix-sept heures. Boubacar est en costume. Il a chaud. La transpiration traverse sa chemise, ses mains sont moites. Il va arriver chez lui et retrouver sans joie sa femme et ses filles. Boubacar pousse le rideau de feuilles, sa femme dort sur le canapé. Il regarde son corps imposant et soupire. Il ressort aussitôt et s'assied à l'ombre.

Il pense à elle. À Aya. Elle est sa raison de vivre. Il pense à ses grands yeux, si profonds, et à sa bouche si douce. Il voit ses mains fines, ses fesses fermes. Il aime les caresser. Rien qu'en y pensant, son sexe devient dur comme le bambou. C'est plus fort que lui, elle est la seule joie de son existence.

L'amour, avant, il croyait que ça existait dans le mariage. Encore un mensonge à la toubab. Fatou, sa chair molle le dégoûte. Elle est large comme une chaloupe, et depuis qu'elle a eu ses filles, quand il la pénètre, il est perdu en elle, en plein naufrage.

Peu après la naissance des jumelles, Aya et son frère étaient venus vivre chez eux. Ils venaient de perdre leur père, la raison d'Aïssatou avait chaviré.

Aya était l'ébauche de tout ce qu'il avait toujours cherché. Il n'osait pas la regarder, il se sentait piégé par cette beauté miniature. Il passait ses mains sur elle en prétextant des chatouilles qui la faisaient rire. Il ne savait pas encore qu'il la ferait pleurer un jour en enfonçant ses doigts où il ne fallait pas. Il l'aimait jusqu'à la fracasser. Il croyait qu'elle était à lui, que ses jambes poussaient vite pour qu'il puisse mieux enfouir sa tête juste au milieu… Son pantalon est prêt à exploser, sa chemise trempée. Il a du mal à ouvrir les yeux quand il entend les voix de ses filles qui rentrent de l'école. Il voit leurs corps légers qui lui rappellent Aya il y a quelques années.

« Papa, ça va ? Petit papa a l'air crevé ! Moi, j'ai eu les compliments du professeur aujourd'hui…

– Lalalère ! » dit Aglaé. Et elles repartent en riant.

Boubacar reprend ses esprits et se demande quand il va pouvoir retrouver Aya. Il voudrait tant lui construire une petite case à côté de la sienne et qu'elle devienne sa prisonnière. Il la verrait dès qu'il en aurait envie. Matin et soir. Elle l'attendrait enfermée et serait toute gaie en le voyant arriver. Elle était née pour lui appartenir. Le jour de son baptême, Aïssatou lui avait dit que sa fille était aussi la sienne. L'oncle maternel, c'est sacré.

Rien d'autre n'existe pour lui. Quand elle étouffe

sous lui, il jouit si fort, il se sent immense. La première fois qu'il s'est collé à elle et qu'il a sorti son sexe pour le frotter contre sa peau, elle n'a rien dit. Il sait qu'elle a aimé ce qu'il lui a fait. Il lui avait juste demandé de ne pas en parler, c'était leur secret, c'était beau, c'était bien. Elle l'a cru. Depuis, il n'ose plus rien lui dire pour ne pas briser ce pacte. Et s'il lui fait mal parfois, quand elle crie, quand elle saigne, c'est pour son bien, il en est sûr. Il est poussé par Dieu dans cet amour qui dévaste tout.

Aujourd'hui, ça fait dix-huit jours qu'il ne l'a pas vue. Cet après-midi, il a regardé son calendrier posé sur le bureau. Il faut qu'il aille bientôt la retrouver, sinon il va crever sur ce banc, rétrécir jusqu'à n'être plus que ce caillou qu'il serre fort dans ses mains.

« Les filles, dit-il en se levant, je vais voir ma sœur. Dites à votre maman de ne pas m'attendre pour dîner. »

Il part en sifflotant.

En arrivant chez Aïssatou, sa fièvre retombe. Sa sœur, sa douleur, cette épave échouée contre un mur de la case, le regard perdu. Il ne s'y est toujours pas fait. Enfants, ils étaient unis comme les doigts d'une main. Il se souvient du jour de sa naissance. Sa mère qui hurlait, son père qui pleurait. Sa mère qui mourait, son père qui savait. Le bébé aussi avait failli mourir. Un miracle qu'elle ait survécu.

Edwige, la deuxième femme de leur père, s'était

occupée de lui et du bébé comme une vraie maman. Ou plutôt comme une grande sœur, tellement elle était jeune. Plus tard, Edwige n'a pas pu avoir d'enfants, alors leur père l'a répudiée pour prendre une troisième épouse.

Aïssatou était la petite fille la plus drôle du monde. Elle les faisait tellement rire. Boubacar la câlinait souvent pour que sa maman soit contente, elle qui les voyait de là-haut. Pour qu'elle sache qu'il était un bon frère.

Il regarde Aïssatou et espère que leur mère ne les voit plus aujourd'hui. Il s'approche de sa sœur, elle lui fait presque peur, surtout quand elle s'adresse à lui dans une langue inconnue. Il a l'impression qu'elle le gronde, il a honte. Peut-être qu'elle sait…

Un courant d'air, Aya entre dans la pièce. Il la voit et ravale sa tristesse. Il ne réfléchit plus et sent la sève revenir dans ses veines. Aya s'est immobilisée, elle est pétrifiée comme chaque fois qu'il est là. Elle attend patiemment. Il s'invente qu'elle frémit de joie. Il fuit les pensées qui pourraient le trahir. Il se relève et pousse la petite dehors. Ils partent en tremblant, l'un de désir, l'autre de peur, vers la forêt toute proche. Il voudrait lui dire qu'il l'aime. Il lui a fallu quarante ans pour comprendre le sens de ce mot bizarre. Amour pour sa mère ? Amour pour ses enfants ? Amour pour sa femme ? Amour pour Dieu ? Amour pour son île ? Amour pour ses plantes ? Ça ne rimait à rien. Amour pour le corps d'Aya. Sa seule religion. Plus vaste que l'océan.

Il oublie tout quand il prend Aya dans ses bras. Sa peau si douce, si ferme. Il resserre son étreinte. Son retour à la vie quand il la pénètre. Puis il se sent disparaître. Il n'entend pas ses cris de douleur. Il est juste dans son propre bonheur. Ils se relèvent ensemble et seulement à cet instant, il est d'un coup dégrisé. Démasqué, il ne traîne pas. Il fuit toujours ce moment où il découvre sous son corps une petite fille cassée.

Il court. Il va bientôt oublier, chaque fois c'est pareil, il se sent traqué, puis il reprend son souffle. Sa démarche ralentit, il peut rentrer chez lui sans se retourner. Il débranche des fils dans sa tête, tout s'ordonne. La nuit qui tombe le protège. Cette soudaine pénombre est là pour le soutenir, lui donner raison. Il se redresse, il sera de nouveau fier quand il retrouvera sa famille réunie autour de la lampe à huile. Il sifflote en poussant les volets déjà fermés.

Après une bonne nuit de sommeil, Boubacar prend une longue douche. Il sent le savon quand il accompagne ses filles à l'école. Arrivé à la mairie le premier, il est écœuré par l'odeur âcre. Il s'assied sur une chaise de guingois derrière son bureau placé dans un coin, face à une grande carte de l'Afrique-Occidentale française. Son œil tombe sur les papiers qui se sont accumulés depuis des semaines : lettres officielles, lettres administratives, lettres de requêtes, lettres de remerciements, lettres d'insultes, lettres déchirées, lettres illisibles, lettres périmées. Ce courrier l'agresse.

Au fur et à mesure que la chaleur augmente, il a l'impression d'être submergé par cette pile de lettres. Il en lit quelques-unes, bâille et en découvre toujours plus. Les autres employés arrivent. Un enfant est installé par terre en face de lui. C'est le fils de la préposée aux problèmes d'érosion du littoral, il est là tous les jours, il crie rarement. Encore heureux…

La grande horloge annonce les heures et les demi-heures, le téléphone sonne souvent en grésillant. La journée passe lentement et l'ennui prend son temps. Il compte les lattes du plancher, il gribouille sur son cahier. Il s'endort quelques instants, un convoi de mouches le réveille. Son supérieur hiérarchique lui raconte en détail sa mission à Ziguinchor pendant qu'il s'oblige à se tenir droit pour ne pas se rendormir.

Il jette un coup d'œil sur le calendrier posé près de lui. On dirait celui d'un prisonnier, parsemé de croix. Ce sont les jours où il la retrouve. Il taille son crayon, ferme son cahier, c'est enfin l'heure de la sortie.

Il rentre chez lui, épuisé. Sa femme est devant leur maison, des bigoudis sur la tête. Elle rit beaucoup avec ses copines Amy Sow et Désirée Goudiaby. Boubacar est accueilli par des exclamations.

« Tu n'as rien rapporté pour le dîner ? Tant pis pour toi, tu ne mangeras pas, je fais la grève ! » Ses amies rient de plus belle, les mains devant la bouche, effarouchées par tant d'aplomb.

« Ah ! chéri », dit Fatou en riant, puis clignant des yeux : « Au fait, j'ai rencontré Aya au marché ce matin et je lui ai proposé de venir habiter ici… Tu serais content, non ? »

Il a juste envie de rentrer sous terre.

3

L'orage

Aya a dit non.

Elle a dit non, même pas merci à sa tante ébahie.

Puis elle a détalé, laissant derrière elle un drôle de tableau. Sa maman allongée par terre chantant trop fort et sa tante Fatou habillée comme pour la messe, tenant ses filles par la main.

Plantée comme un cocotier, ahurie par la réponse de sa nièce, Fatou marmonne : « Mais dis donc, elle ne se rend pas compte de l'effort énorme auquel je consentais. J'étais prête à leur laisser mon lit. À prendre soin de sa mère, cette planche pourrie prête à s'effondrer n'importe quand… Quelle effrontée ! Mon Dieu, faites que mes filles ne soient jamais comme elle. Après tout, elle n'a que ce qu'elle mérite. Moi qui suis la bonté même, j'étais partie pour dégrader ma vie juste pour les dépanner. Je suis une sainte, personne ne s'en rend compte, on dirait. »

Elle lève les yeux au ciel.

« Je propose mon aide si précieuse et voilà comment

je suis reçue : cette vieille folle qui hurle en bavant et Aya qui fuit en disant non, même pas merci ! Aïe, aïe, aïe, mes chéries ! » Elle caresse les tresses de ses filles. « Vous respecterez toujours votre maman, vous au moins. Ça, c'est sûr ! »

Aïssatou rote tout haut pour clore sa chanson. Fatou fait demi-tour sans la saluer et repart en priant Dieu. Pour elle-même surtout, car vraiment sa belle-sœur et sa nièce n'ont besoin de personne.

Aglaé et Sidonie traînent leur tristesse derrière leur mère, tellement déçues qu'Aya ne veuille pas habiter chez elles. Fatou se demande s'il n'est pas temps de penser à préparer l'excision pour ces deux-là. Aya n'a pas été excisée, c'est pour ça qu'elle porte le feu en elle.

Un coup de vent soudain, le turban de Fatou s'envole. Les jumelles courent pour le rattraper et se retournent vers leur maman pour le lui rendre. Elles sont stupéfaites du changement. Sans chapeau ni nattes, coiffée comme l'as de pique, on dirait une reine déchue. Consternation des fillettes.

« Pour l'amour de Dieu, au lieu de faire ces têtes de pimbêches, il faut se dépêcher de rentrer, on dirait que la tornade va débarquer. »

Le sable commence à voler dans tous les sens, les vagues débordent de la mer et frappent les maisons qui longent la plage. Tous se dépêchent pour fuir l'orage. Les pêcheurs rangent leurs pirogues, les vendeurs ramassent leur fouillis, les enfants prennent leurs jambes à leur cou. Le ciel devenu noir a l'air furieux, des gouttes géantes font flic-flac.

Aya s'est réfugiée dans son baobab rien qu'à elle. Elle se faufile au creux de l'arbre chaque fois qu'elle se sent menacée. À l'abri de la pluie, elle regarde les autres courir dans tous les sens. Les coups de tonnerre lui répondent, partageant sa colère.

La nuit est tombée, des éclairs allument le ciel et s'éteignent comme pour laisser gronder l'orage. Un, deux, Aya compte, on se croirait en plein jour, puis un, deux et c'est tout noir. La foudre est si près, elle se sent électrifiée, transformée en boule d'énergie. Aux premières loges, elle profite du spectacle, applaudit, puis resserre ses mains l'une contre l'autre. Et prie. On dirait que ça va exploser ce soir, que la vie, les gens, tout va s'arrêter. Le soleil ne va plus se lever. Elle fixe l'horizon. À chaque éclair qui illumine le ciel, elle voit un visage. Son père. « Papa, papa » et il a déjà disparu. Elle se sent prête à le rejoindre. Même pas peur.

Ça fait presque cinq heures que la tempête a éclaté. Ousmane entend le grondement du tonnerre en regardant sa petite sœur qui repose sur le sein de sa mère. Repue. Le vacarme ne la dérange pas, ses sourcils bougent beaucoup, un petit sourire lui échappe de temps en temps. Sa maman aussi s'est endormie en la nourrissant. Seins à l'air, elle rêve.

Ousmane se sent bien dans sa maison. Enfant choyé,

famille aimée. Il a longtemps été le petit dernier. Chouchouté. Il s'était appliqué pour être à la hauteur de l'affection reçue, en étant premier partout. À l'école, il était le plus fort en calcul et, sur le terrain de foot, il rentrait tous les buts. Son père si fier en oubliait l'aîné qui se réfugiait dans sa paresse. Son grand frère, trop flemmard pour être jaloux. Mais quand on est de l'or pour ses parents, on est sans cesse surveillé. Du coup Ousmane usait des trésors d'imagination pour filer en douce retrouver Aya. Les heures loin d'elle comptaient pour du beurre.

Depuis que sa sœur avait débarqué, elle l'avait détrôné. C'était elle maintenant l'enfant chérie et il s'en était accommodé. Il avait eu le droit de laisser pousser ses cheveux pour avoir des dreadlocks à la Marley. Il avait quatorze ans et, avec sa chemise blanche un peu élimée, il portait beau. Comme des guêpes, les filles lui tournaient autour, mais il ne les calculait pas. Aya prenait toute la place.

Son papa est parti ce matin à Ziguinchor pour son travail, il leur a confié la garde du foyer, à lui et à son frère. Celui-ci est encore chez son copain Diawe, vu le sale temps, pas près de rentrer. Ousmane bâille, il s'ennuie dans son bonheur familial.

Un éclair jaillit dans la pièce, il a l'impression de ressentir un court-circuit. « Aya, où peut bien être Aya ? J'espère qu'elle n'est pas dehors. » Il croit entendre des gémissements. Effrayé, il se lève, jette un regard sur sa sœur. Sa bouche ne sourit plus, elle fait la moue et va bientôt pleurer. Il sort sur la pointe des pieds, sûr qu'Aya l'appelle.

Il ramasse une branche de palmier pour se couvrir la tête. Sous la pluie ruisselante, il se promet de la retrouver. La foudre, le tonnerre, il s'en fiche. Il se fiche de tout, il court comme un animal sauvage. Quand il arrive chez elle, il n'a qu'à pousser la porte à moitié ouverte. Aïssatou est accroupie dans un coin. Il se doutait qu'Aya ne serait pas là.

Il repart en courant si vite qu'il ne sent pas ses pieds écorchés. Arrivé sur la plage, il se rend compte que les plaintes qu'il croyait entendre ne sont que le bruit des branches qui grincent sous le vent. Il appelle Aya, il pleure Aya. Elle lui avait parlé de cet arbre où elle se réfugiait et le lui avait, un jour, montré du doigt. Il fouille ses souvenirs pour se rappeler où. Soudain, ça lui revient. Il se précipite, le cœur prêt à rompre. En tâtonnant parmi les fromagers, il l'appelle. Un éclair, et il aperçoit sa tignasse entremêlée aux lianes du baobab. Il escalade l'arbre dégoulinant et découvre Aya allongée dans la même position que sa petite sœur tout à l'heure.

Il a envie de lui hurler : « Mais t'es folle ou quoi ? » Il s'approche encore, elle lui attrape la main. Elle le tire contre elle pour qu'il la rejoigne dans son nid humide. Elle se pousse pour lui laisser de la place. Il s'allonge, elle repose sa tête sur son épaule.

« Je t'attendais, tu as pris du temps pour venir », dit-elle en resserrant ses doigts sur sa main.

Il a trop chaud, son corps est bouillant, il est liquéfié. La tête d'Aya devient très lourde, son souffle léger, elle s'est endormie.

Elle fait semblant. Pour profiter de chaque minute, que s'étirent les secondes. Elle demande à la nuit de prendre son temps. Elle entend le cœur d'Ousmane battre en cadence avec les cris du tonnerre. Sous son oreille, elle sent la peau chaude de son amoureux. Elle est plus près qu'elle ne l'a jamais été de son corps. Plus près d'elle aussi… Elle aimerait tant que tout s'arrête pour de vrai, qu'ils restent serrés pour l'éternité.

Ils ont parlé du ciel, des étoiles, de tous les mystères. Ils chuchotaient pour ne pas réveiller la forêt. Puis il a posé sa main sur le ventre d'Aya et il a senti le monde qui s'ouvrait. Il n'a plus bougé, l'aube s'est levée et a calmé l'orage. En voyant le soleil, Aya a pleuré.

4

La rencontre

« En Casamance, on ne meurt pas pour de vrai. On reste toujours présent dans les arbres, les pierres, les rivières… La mort, c'est l'autre côté de la vie. À Karabane, les morts sont autour de nous, ils nous voient, pas nous. C'est tout. »

Ils sont dans l'ombre qui s'éclaire
et dans l'ombre qui s'épaissit
Ils sont dans l'arbre qui frémit
Ils sont dans le bois qui gémit
Ils sont dans l'eau qui coule…

Ce poème que son papa lui avait appris, Aya le connaît par cœur. Elle sait que les arbres sont vivants grâce aux morts qui sont dedans. Depuis l'orage, elle croit aussi que son père vit à l'intérieur d'elle. Elle sent une présence.

On n'est jamais sûr que le soleil va se lever, dit-on au village. Avant, cette pensée lui faisait peur, mais cette nuit-là Aya n'avait eu qu'un souhait : que le soleil ne se lève pas, pour garder Ousmane rien que pour elle. Elle ne l'a pas revu depuis. Il s'était échappé pendant qu'elle dormait. La semaine suivante, elle a croisé son grand frère qui lui a dit qu'Ousmane s'était fait enguirlander… lui aussi d'ailleurs.

Ils étaient rentrés chez eux presque en même temps ce matin-là. Lui avait passé la nuit chez Diawe et Ousmane s'était soi-disant endormi dans un arbre… Déjà énervé par son aller-retour à la ville, leur père n'avait rien voulu entendre. Le déguerpissage de ses deux fils, qui avaient osé laisser sa femme seule, l'avait mis hors de lui. Ils se sont fait tirer les oreilles, celles d'Ousmane, elles étaient rouge sang. Il leur avait lancé à la figure ce proverbe qui leur donne des remords : « Celui qui tourne le dos au soleil ne voit que son ombre. » Bien sûr, le soleil, c'est notre père et nous lui avions désobéi.

« Tu sais, Aya, a-t-il continué, on va s'en souvenir longtemps, car notre maman elle avait honte de nous. Depuis, et jusqu'à nouvel ordre, on doit rentrer direct à la maison après l'école… »

L'ombre s'est installée pour de bon dans les jours d'Aya. Mais aussi dans ceux des villageois. Car depuis cette tempête, rien n'est comme avant : des maisons abîmées, des bateaux démolis, la plage déchirée… Alors tous ils prient plus souvent, marmonnant des litanies, agenouillés à l'église avec leurs chapelets au bout de leurs doigts ou courbés à genoux sur leur tapis à la mosquée, leurs chaussures bien rangées.

Les jeunes garçons attendent l'hivernage avec hâte et appréhension. Le jour de l'entrée dans le bois sacré se rapproche, ce sera la fin de leur insouciance. Les copains qu'elle croise hésitent entre excitation et angoisse. Dans cette mélancolie ambiante, Aya reste souvent seule sur la plage. Elle ferme les yeux et s'imagine avec Ousmane.

Assise sur son bout de sable, elle regarde Mariama qui essaie de fourguer son beurre de karité à une toubab vraiment blanche. Il n'y a plus beaucoup de touristes sur l'île et ça fait plaisir d'en voir une. Elle se souvient du jour où Ousmane l'avait fait tellement rire alors qu'il se demandait si les Blancs faisaient caca blanc. Elle en rit encore en se levant pour rejoindre les deux femmes. Mariama lui caresse la tête comme si elle était un gentil chien, et la dame blonde lui dit : « Bonjour Ma Damoiselle. »

Aya s'assied près d'elles pour écouter leur conversation. Leurs mots s'envolent, leurs mains se touchent, elle est sous le charme.

« Tu sais, toi, mon amie Camille, tu es vraiment belle. Je vois que tu aimes notre pays. Tu as bien raison. Eh ! dis donc, tu as un fiancé ? Tu fais boeng-boeng avec lui ? » lui demande Mariama… Aya est choquée.

« Oh non, pas d'amoureux ! Ne me parle pas des mecs. Tous pareils ! J'ai trop eu mal… Je me demande même si je ne finirai pas par vivre avec une femme. Je voyage beaucoup pour faire des photos, et ce sont toujours les femmes qui m'épatent le plus…

– Oh ! toi alors ! Mais dis donc, tu vas bien avoir besoin d'un homme pour faire ton enfant !

– Même pas. Dans nos pays à nous, on peut faire un bébé comme on veut. Sans papa, sans personne, et même sans grossir. On peut prendre le ventre d'une autre. Mais bon… Pour le moment, je n'ai pas envie d'en avoir. J'aime les enfants, mais il y en a bien assez comme ça. »

Mariama et Aya l'écoutent, les yeux grands ouverts. Elles ne savent pas quoi répondre, c'est tellement incroyable. Mais surtout elles voudraient tout comprendre pour pouvoir le répéter à leurs copines.

La blonde continue : « J'étais près de Dakar. Mon journal m'a envoyée pour faire un reportage sur la Maison Rose. C'est un endroit où l'on recueille des jeunes femmes enceintes sans l'avoir voulu, et des enfants perdus dans les rues.

– Il y a des enfants qui sont perdus dans les rues là-bas ? Ça n'existe pas chez nous.

– Oui, beaucoup. Ils sont enlevés à leurs familles par de soi-disant maîtres coraniques qui promettent de les éduquer. En réalité, ils les obligent à mendier la nuit et les tapent s'ils ne rapportent rien. Et il y a beaucoup de jeunes filles violées. Vous savez quoi ? C'est dans cette maison remplie d'histoires tristes à crever que j'ai découvert, comment dire… la joie. Oui, la joie. Pas celle que je connaissais avant. La vraie. La joie de ces femmes quand elles retrouvent la confiance. La joie d'être de nouveau appelées par leur prénom, d'avoir une identité. La joie d'apprendre à aimer leur enfant. Elles font du théâtre, de la danse, du yoga, et même du cirque. On les écoute, on leur parle, on les regarde, c'est un lieu d'amour.

– Tu étais heureuse avec ces malheureuses ?

– Oui, heureuse de servir enfin à quelque chose. Je les ai un peu aidées… Et j'ai beaucoup appris. C'est fou, à Paris, on a tout ce qu'on veut et pourtant on est tous dépressifs !

– Ça veut dire quoi ?

– Dépressif ? C'est quand on est triste tout le temps. C'est quand on voudrait faire l'autruche, enfoncer sa tête dans le sable et ne plus la sortir. C'est quand on est aussi faible que la feuille arrachée à l'arbre qui flotte sans savoir où elle va.

– Ah oui ! Chez nous, on sait pas être comme ça. On a mal au ventre, ou mal à la tête. Alors on dort et ça va mieux.

– Pourtant vous avez une vie pas facile, bien plus dure que la nôtre.

– Oui, madame toubab chérie, c'est ce que j'appelle la justice de Dieu ! Nous on n'a rien, mais on a le sourire dans le cœur, vous, vous avez tout, mais vous ne le voyez pas… Ah ! pauvre Camille, je vais prier pour toi. »

La dame blanche et blonde se tourne vers moi. Elle est plus belle qu'une fée, avec un sourire joli comme je n'ai jamais vu. Au milieu de ses dents, il y a un petit trou, comme pour laisser l'air passer. Ses cheveux, aussi raides que des aiguilles à tricoter, sont très longs. J'ai envie de les toucher et de lui prendre la main pour lui présenter mon île.

5

La toubab

« Dès que cette petite fille s'est approchée, mon cœur a flanché. Il y a en elle toute la force et la fragilité de son pays. J'ai l'impression de la connaître depuis toujours. »

Camille sent la main d'Aya se glisser dans la sienne. Elle la serre. Mariama les embrasse en aspirant leurs joues et continue sa route. Aya en profite pour lui voler sa toubab. Elle va l'emmener visiter son royaume.

Camille enfile sa robe rouge par-dessus son maillot de bain et la suit. Toutes deux longent la plage, sautent à pieds joints les flaques d'eau et s'approchent du village. Des maisons en pierre, majestueuses et délabrées, restes de la colonisation portugaise, contrastent avec les cases de paille qui jalonnent le chemin qu'elles ont emprunté. Toutes les ruelles débouchent sur la mer, et les bougainvilliers envahissent les murs de couleur fuchsia. En arrivant près de l'église, Aya lui raconte ses dimanches.

« Ah oui, tu vas à l'église ? s'étonne-t-elle. Tu n'es pas musulmane ?

– Non, pas vraiment. Papa l'était, mais maman est catholique. Je suis moitié, moitié, répond Aya. Et puis tu sais, ici il y a des musulmans qui vont à la messe le dimanche. Tout le monde se mélange. C'est pratique, l'église et la mosquée, elles sont à côté. »

Camille s'étonne de tout. Un peu plus loin sur le chemin, voyant une femme un seau sur la tête, elle s'exclame : « Quoi, vous n'avez pas l'eau courante ? »

Aya explique fièrement qu'elle va chercher l'eau au puits presque chaque jour : « Des fois, les femmes sont si fatiguées qu'elles se disputent la place. Elles se griffent les bras. Après elles rentrent et montrent leurs écorchures en se plaignant beaucoup. Pour rire, on appelle ça leurs "lésions d'honneur" ! »

Camille sourit, et demande : « Mais comment vous faites ? Vous n'avez pas d'électricité non plus ? Pas de lumière, pas de télé, pas d'internet ?

– Si, si, on a un groupe électrogène, là, tu vois, répond Aya en montrant du doigt une maison rénovée. Et dans la pièce du bas, je crois qu'il y a deux ordinateurs… Moi je n'ai jamais pu m'en approcher, il y a toujours du monde autour. Il paraît qu'avec, on peut tout voir et tout savoir. »

Camille n'ose pas sortir son appareil photo du sac qu'elle porte en bandoulière. Elle essaie de profiter de l'instant. Les vieilles maisons avec du linge qui sèche et des gamins qui jouent à cache-cache, tout est différent ici. Comme s'il y avait plus de lumière, plus d'enfants, plus de sourires, plus de tout. La jeune photographe respire profondément.

Elle a toujours voulu s'appliquer au bonheur. Elle y parvient parfois, un verre de vin à la main en déjeunant avec un amoureux. Ou quand elle retrouve son chat pour ronronner avec lui sur l'oreiller… Quand elle danse seule devant sa glace… Ou même en faisant la vaisselle, les mains dans l'eau savonneuse et tiède, ressortant les verres grinçants de propreté… Ou en allumant une cigarette après avoir nagé dans la mer.

C'est pour ça qu'elle aime tant faire des photos et capturer ce moment où tout s'aligne parfaitement. Saisir la perfection d'un paysage juste quand un nuage accentue la lumière, ou attraper le regard d'un étranger qui vous livre son âme à cet instant décisif. Clic-clac, avant qu'il ne soit trop tard. Imprimer la pellicule pour voler au temps une seconde d'éternité.

Pourtant, elle n'est pas douée pour l'amour, le prince charmant, visiblement, n'est pas pour elle. Elle étouffe ses déceptions à coups de shopping et de soirées entre filles où elles réduisent les mecs en charpie. Puis elle part vers d'autres pays, accompagnée de son Leica, son fidèle partenaire. À chaque départ, elle se sent plus forte. Dans ses voyages, elle retrouve l'amplitude de son souffle.

Elle n'était jamais allée en Afrique noire, n'avait pas dépassé la frontière du Maroc, ce pays au parfum de fleur d'oranger. Quand le magazine pour lequel elle travaille lui a proposé un reportage au Sénégal, elle a sauté sur l'occasion. Avant son départ, sa mère l'a mise en garde : « Méfie-toi des gens, de ce que tu vas manger, de ce que tu vas boire. De tout. »

Pour un peu, elle lui aurait mis un voile, comme une armure face à tous ces dangers.

À peine est-elle arrivée, c'est l'inverse qui s'est produit. La foule colorée et bruyante l'a aussitôt apprivoisée. Chaque poignée de main, chaque regard, chaque rencontre l'ont touchée. En franchissant le seuil de la Maison Rose, elle a eu un choc. Les petites filles chantaient avec leurs voix hautes en tapant des mains un air qu'elle a tout de suite reconnu. Une mélodie qu'elle croyait perdue. Elle a salué Mona, la fondatrice de ce lieu, et s'est tout de suite sentie chez elle.

À Karabane aussi, elle se sent accueillie à bras ouverts. Et cette Aya qui la guide avec tant de sérieux dans les ruelles de sable, elle la couve du regard. Son tee-shirt délavé dont le col trop grand glisse sur ses épaules, ses drôles de nattes pointées vers le ciel, ses bras maigres et ses jambes sans fin… Un dessin ! Quand Aya lève son visage si craquant pour lui raconter son île, Camille est émue. Elle regarde la cicatrice marquant son grand front et se demande pourquoi ce pays, puis cette île, et maintenant cette fillette, pourquoi tout ici lui va droit au cœur. Elle a attendu d'avoir trente ans pour découvrir ce qu'elle cherche.

Des poules courent entre ses jambes, des sourires et

des salutations fusent de tous côtés. Tandis qu'elle s'attendrit devant un bébé porté sur le dos, un garçon lui attrape la main, bientôt suivi par deux, trois, quatre gamins qui se collent à leurs pas comme une nuée d'oiseaux. Le cortège déambule sans voir le temps passer. La nuit commence à tomber, Aya doit rentrer. Elle parle aux enfants agglutinés autour d'elles qui partent en courant. Camille sort vite son appareil et cadre en gros plan le visage d'Aya. Sourcils froncés et sourire forcé. Elles se quittent à contrecœur, et Camille rejoint son auberge, imprégnée de cette journée particulière.

Assise sur le lit, dans sa chambre aux murs fleuris, elle regarde la mer, éteint sa cigarette, puis replonge grâce à sa caméra dans les yeux d'Aya. La petite lui a dit qu'elle avait douze ans. Elle pourrait être sa fille.

Camille lui a promis de revenir le 14 juillet, le jour de la cérémonie d'initiation. Aya lui a raconté en détail les masques, les chants, les pleurs. « En plus, ça tombe juste le jour de ta Fêt Nat ! Tu dois vraiment venir et faire les photos ! »

Fêt Nat, le prénom du petit garçon trop mignon dont elle s'était occupée à la Maison Rose. Il paraît qu'on appelle souvent comme ça les enfants nés le 14 juillet ! Camille doit rentrer demain à Paris, mais, c'est sûr, elle reviendra.

La fenêtre claque violemment, poussée par un courant d'air. Elle soupire en s'étirant.

6

Le printemps

Le printemps s'exprimait. La mer toute plate, le sable bien rangé. Les rizières généreuses, et le mil qui s'enflamme. Les fleurs plantureuses dégoulinent de parfum. Les oiseaux jacassent, les hommes sifflent et les femmes se fardent. Karabane renaît.

Aya n'est pas en reste. Elle balaie, nettoie, astique, trait, cuisine, bichonne, dévale, bricole, chantonne aussi.

Elle se laisse porter par l'énergie de la nouvelle saison. Elle sent s'éloigner les sables mouvants de l'enfance. Tandis qu'elle regarde les chèvres tourner en rond, ses pensées vont bon train.

« Oui, vraiment elle est trop belle, Camille. J'aimerais tellement avoir une robe rouge comme la sienne. Peut-être que dans son pays elle va rencontrer mon frère… On s'est dit tant de choses, mais je n'ai pas trop osé parler de lui. Il me manque… J'ai un vide à l'intérieur. C'était sa place. Ça doit être ça qui me fait mal, la nuit. Je crois bien qu'il est content là où il est, mais je ne veux pas qu'il oublie ici. Ici c'est bien, des fois… Mais pas toujours.

« J'ai peur qu'il vienne encore me chercher, mon oncle. La prochaine fois, je vais courir très vite, c'est promis… Cette toubab, c'était bien de me promener avec elle. Je l'ai même épatée. Elle écoutait beaucoup, ses oreilles étaient cachées par ses longs cheveux, pourtant je sais qu'elles étaient ouvertes toutes grandes. Grandes comme la mer, on n'en voit pas le bout. C'est trop loin, l'autre côté. Ça va où, je me demande…

« Oh, elle est trop adorable cette chèvre-là, toute petite. Tiens, je te baptise au nom du Père, du Fils et du Saint-Esprit… euh… Camille ! Comme ça, la toubab sera souvent avec moi ! Elle m'a promis de revenir en juillet pour la fête, maintenant on est en mai, s'il te plaît… Oui bon, je sais, les promesses des grands tombent souvent au fond du trou. Pourquoi j'ai mal au ventre ? Tellement que j'ai plus faim. Les mangues, même les mangues je les trouve visqueuses. Elles me dégoûtent. Je ne sais pas, c'est bizarroïde, il dit tout le temps ça, Ousmane.

« Bon, voilà, je dis son nom, j'ai encore plus mal on dirait. J'ai trop, mais trop sa mélancolie à celui-là. Tiens, il doit être à l'école, un crayon à la bouche. Moi, j'ai de la chance de plus y aller… Non, c'est pas vrai, j'aimais bien le calcul. Et réciter l'alphabet, en chantant avec mademoiselle Henriette. Elle avait le sourire qui descendait jusqu'à sa poitrine et, quand elle se retournait vers le tableau, c'était comme si la terre tremblait tellement elle était grosse ! On rigolait dans nos cahiers. Elle me disait toujours, c'est bien, c'est très bien, ma mignonne, tu vas avoir un bon point. J'étais fière ! C'est tout ce qui me reste comme souvenirs de l'école. Ah si ! On jouait aussi à la marelle, à la récréation. Un, deux, trois, à cloche-pied on allait au ciel.

« Aujourd'hui, je suis tout le temps à la récréation. C'est joli, ce mot, ça dit bien. Ça ressemble à ce que le curé répète. Il parle de la création, la création du monde. Et des étoiles alors ? Elles sont trop loin, je pourrai jamais en attraper une. "Création", je vais le mettre dans ma boîte à mots. Tous les mots qui me donnent envie de danser, je les range dedans. Elle est rien qu'à moi. Tiens, je vais rajouter Camille aussi, ça chante comme un mot, même si c'en est pas un. J'ai dans ma boîte : couleur, passage, paix, lueur, faille, grain de sable, trace… Chaque fois que j'écoute un mot qui me plaît, je le garde dans ma tête.

« Maman, elle, a oublié tous ses mots. Elle s'est même tout entière oubliée. Moi, je m'en souviens quand elle existait encore. J'ai eu de la chance de la rencontrer avant. Ça ne fait rien. De toute façon, j'ai compris que c'est jamais pareil. Tout change tout le temps, tout bouge, tout tourne dans tous les sens. C'est ça la vie. Le jour où ça s'arrête, je serai morte. Comme la chèvre sacrifiée pour le baptême. C'est sûr, elle bougeait plus du tout.

« Bon moi, ça remue là-dedans tant que ça peut. C'est ça, j'ai le tournis. Mais j'ai pas peur, je suis prête. C'est ma ronde, et j'ai envie de donner la main à tous ceux qui veulent danser avec moi… Bon, euh là, évidemment, j'ai que mes chèvres autour de moi. Elles ont l'air excitées, je sais pas pourquoi.

« C'est le printemps. »

7

Le bois sacré

Depuis quelques jours, l'île était en ébullition. La chaleur étouffante de l'hivernage enveloppait les habitants de son cocon. Il flottait dans l'air des volutes d'inquiétude. À l'approche de cet événement hors norme, chacun sentait au fond de lui une boule d'angoisse. Sauf les vieilles femmes qui en avaient déjà tant vu et les enfants qui passaient au travers en attrapant des sauterelles.

La veille du grand jour, Ousmane avait bu la décoction magique au goût tellement aigre qu'il l'avait vomie à plusieurs reprises. Sa mère lui en reversait dans la bouche : « Tu dois boire ça présentement, mon fils, pour ne pas avoir peur de tout ce qui va arriver. » Il fallait préparer ceux qui allaient partir dans le bois sacré pour leur permettre de braver ce qui les attendait. Entourés de leur famille, lui et son frère tremblaient en sentant couler dans leurs veines le jus de racines qui les transportait vers l'inconnu. La nuit, ils ont mal dormi, perdus dans des rêves sans images. Tôt le matin, leur père les a retrouvés allongés dans une mare d'urine, les yeux grands ouverts.

Il fait encore sombre quand les deux garçons accompagnés de leurs parents se rendent au village sous une pluie torrentielle.

Camille n'a pas fermé l'œil. Une armée de moustiques avait jeté son dévolu sur elle. La langue pâteuse, elle s'habille et sort, sa blancheur en guise de drapeau. Parée pour se fondre dans la cohue qu'elle appréhende. Son Leica est prêt à mitrailler. Elle est arrivée à Karabane la veille et n'a pas encore revu Aya. L'ambiance sur l'île était lourde, comme avant un tremblement de terre. Elle finit sa tasse de café et quitte à contre-cœur son auberge rassurante. Le ciel est noir, le sol trempé.

Sa maman n'était pas rentrée hier. Au milieu de la nuit, elle est revenue en criant. Aya ne s'est pas rendormie. Elle est restée prostrée sur son lit. Elle essayait de ne pas voir les images qui défilaient dans sa tête.

Quand elle entend le coq, elle est déjà debout. Petit soldat à mauvaise mine, c'est aujourd'hui. Elle sent sa poitrine se soulever vers sa bouche. Rien à vomir, elle n'a pas dîné. Elle ne comprend pas ce qui lui arrive. Elle sait juste qu'elle est prête pour ce jour où elle va revoir Ousmane avant de le perdre pour de bon. Après avoir nettoyé son visage, elle respire et sort de sa case. Une, deux, une, deux…

Une rumeur sourde envahit toute l'île. Des voix d'hommes balaient le silence. Des coups de fusil retentissent. Des cris comme des lames, des pas stridents, petit à petit Karabane se réveille au son d'une fanfare effrayante. Les animaux se terrent. Même le soleil a peur de se montrer, l'aube grise n'ose pas sortir de son ombre. La pluie tombe sur Aya, elle compte ses pas et se donne des ordres pour avancer. Une, deux… Elle ne voit que ses pieds, mais les sons se rapprochent et la cernent. À chaque coup de fusil, elle se sent visée. Alors elle accélère le pas.

Les initiés ont l'interdiction de raconter ce qu'on apprend dans le bois sacré, sous peine d'être maudits pour l'éternité. Ça arrange bien Boubacar, car, justement, il a tout oublié. Depuis ce matin, il essaie une fois de plus de se le rappeler. Il avait quinze ans, c'est tout ce qu'il a retenu. En marchant vers le village, avec ses filles et sa femme, il se concentre sur les sons qu'il entend. Il recherche des bribes de mystères qu'il a pourtant vécus. Il se souvient seulement de la boisson écœurante, on avait dû lui en donner trop, car juste après il a plongé dans le néant. Il a honte de ne se souvenir de rien. Il se demande même s'il y est vraiment allé, dans ce bois sacré. Pourtant ses parents lui ont raconté que le jour où il était sorti de la forêt, il avait perdu tant de kilos qu'il ne lui restait que les os. Ils ont dû le nourrir avec une seringue comme un oiseau tombé du nid. Il avait même oublié comment on mâchait. Il lui a fallu des mois pour revenir à la vie. Ce trou béant dans sa mémoire, sa famille a eu l'air de l'ignorer. Alors il n'en a plus jamais parlé. À personne. Il hume l'air épais. Les pétarades et les voix dissonantes font écho à son désarroi.

Camille s'approche de la place du village avec en guise de gris-gris son appareil photo et son parapluie. De tous côtés, les villageois débarquent. Certains ont passé la nuit à nettoyer la place et préparer des repas. Sous l'énorme baobab, les flaques d'eau qui reflètent les nuages sont envahies par leurs sandales en plastique. Camille a l'habitude des lieux qui sortent de l'ordinaire, mais là elle est sidérée par tout ce qu'elle découvre. Les concerts de flûtes, les coups de sifflet, les cliquetis de clochettes, le bruit des couteaux qui tapent les canettes, mêlés aux chants et aux tambours, sonnent à ses oreilles une symphonie délirante. Ce jour attendu depuis tant d'années où les garçons partent pour leur initiation, le *Bukut*, Camille a hâte d'y assister.

Elle se frotte les yeux pour être certaine d'être bien réveillée. Elle se sent transparente. Elle dépasse sans être vue des hordes d'hommes et de femmes qui tapent des pieds en levant les bras. Ils brandissent des cannes et des parapluies. Ils semblent ailleurs et pourtant ils sont tellement présents.

Elle s'avance vers un petit groupe et se hisse sur la pointe des pieds pour voir ce qu'ils regardent. Un homme en tunique rouge tond les cheveux d'un jeune initié. Lorsque le crâne est bien lisse, il le frappe avec un bol de bois rempli d'un liquide qui en débordant asperge le visage du jeune homme, puis une femme lui jette de la poudre, marquant sa peau de nuées blanches. Le garçon ne regarde personne, il a l'air d'être entré en lui. Sa beauté est stupéfiante, son torse nu décoré de colliers. Il se pousse pour laisser la place au suivant. Un par un, les dociles adolescents forment un cercle qui s'agrandit rapidement. Camille sort son appareil et zoome sur leurs visages concentrés.

Elle sent une pression dans son dos et se retourne, inquiète. « Ah ! ouf ! Aya ! Je suis si heureuse que tu sois là ! Ça fait plus d'une heure que je suis ici, c'est incroyable tout ce qui se passe. »

Camille dévisage la petite fille qui lui apparaît plus fragile que jamais. Ses cheveux mouillés par la pluie couvrent son front, et sa bouche se fend d'un grand sourire. Un coup de fusil éclate tout près. Elles sont à moitié étouffées par la foule.

Aya entraîne la photographe à l'écart. Le cache de l'objectif tombe, Camille se penche pour le ramasser, mais il est déjà piétiné. Elles courent un peu plus loin. Enfin elles respirent, réfugiées entre deux cases sous un feuillage dense. À quelques mètres d'elles, les rituels continuent. Des hommes font mine de se trancher la langue avec d'énormes couteaux et d'autres, portant des masques épouvantables, courent en gesticulant et font hurler les enfants.

Camille est soulagée d'être un peu au calme, et

surtout d'avoir retrouvé sa petite Diola. Elles sont à l'abri de la pluie qui tombe de toutes ses forces sur le village en fête. Personne ne s'en soucie. Elles sont fascinées par la folie qui règne, par les chants, les danses, les hommes à moitié nus qui se déchaînent en ruisselant.

« Viens, il pleut presque plus, on va essayer de trouver mon ami Ousmane. S'il te plaît, fais-lui une photo et tu me la donnes après », dit Aya en fonçant dans la cohue.

Camille s'est de nouveau mêlée à cet encombrement humain. Elle est bercée par les corps musclés qui piétinent le sol boueux. Elle croise un cortège de futurs initiés, torse nu, impeccablement rasés. Ils sont les seuls à rester immobiles au milieu de l'attroupement qui n'est là que pour eux. Camille ne perd pas de vue le dos maigre d'Aya. Elle craint de la voir s'effondrer tant elle vacille, percutée par les déhanchements des mères qui dansent le départ de leurs enfants. Ces femmes crient fort pour que leurs fils apprennent la force et le courage d'exister, qu'ils puissent se marier et posséder de la terre, qu'ils deviennent des hommes. Elles sont fières, elles sont malheureuses. Elles vont les perdre mais ne doivent pas montrer leur chagrin. « Tu es un brave », les encouragent-elles. Elles savent que leur fils sera vaillant. Elles dansent jusqu'à épuisement et même celles qui portent des petits dans les bras les balancent au rythme de leurs transes.

Aya s'est arrêtée. Elle crie : « Ousmane ! » Camille

aperçoit le jeune garçon qu'Aya appelle. Assis au milieu de sa classe d'âge, il n'a pas bougé, mais son regard s'est dirigé vers elle.

Ousmane divague : « Cette lumière qui m'attire, cette lumière c'est l'esprit de la vie… La joie m'inonde, c'est bien, c'est vrai. Je suis en vie dans le chemin de ses yeux. »

Il ne la distingue pas vraiment, sa chère Aya, mais c'est encore mieux. Il sait qu'elle est là, en lui, pour toujours. Ses pensées s'interfèrent, il est aux portes des mystères. Il ressent une chaleur tellement forte qu'elle fait tout fondre en lui. Il reconnaît la lumière d'Aya.

« Ousmane ! Ousmane ! Ousmane ! » Aya répète son nom comme un disque rayé dont le son se noie dans le vacarme. Même Camille n'entend pas. La fillette est transie. Camille sort son Leica et fait le point sur les yeux hagards du garçon. En gros plan, elle saisit les pores de sa peau noire remplis de craie blanche. Son front, sa bouche, son cou, ses épaules, tout est parfait.

Camille veut saisir son regard, mais ses pupilles dilatées se dérobent. Il est ailleurs. Il a basculé dans un autre monde. Aya, dans sa robe blanche, ressemble à une colombe. Elle s'adresse à Camille, les yeux fixés sur Ousmane : « Tu sais, il va partir dans la forêt. Il va apprendre les secrets cachés du monde. Il va savoir écouter les arbres, les pierres, les nuages. Il comprendra les rêves, il va pouvoir nous guérir. Je crois même qu'il va pouvoir me défendre contre les esprits méchants, le sorcier mangeur d'âmes qui me fait si peur. Oui, en sortant du bois sacré, il va être encore plus fort, il sera un homme pour de vrai, mais il m'aura complètement oubliée, peut-être… Enfin, ça sera plus comme avant. »

Aya rumine. Elle voudrait que Camille la comprenne, elle a honte de ne pas être heureuse qu'il devienne un homme.

« Mon Ousmane, un homme… Et puis d'abord j'ai peur des hommes. »

Elle jette un dernier regard sur lui et le voit tel qu'il est, semblable à ceux qui l'entourent. Elle comprend qu'ils sont tous des frères, unis dans une même épreuve. Liés et fiers d'appartenir à leur communauté. C'est sa communauté aussi. Rien ne peut les séparer. Et il reviendra. Sa peine s'estompe, elle sent son cœur s'ouvrir. Elle les aime tous, ils font partie d'elle, les autres aussi, et, quoi qu'il advienne, elle est forte grâce à eux.

L'odeur de feu de bois et de riz au poisson remonte à ses narines. Elle a faim. Elle s'agrippe au bras de Camille et le soleil se montre. Elle accepte ce qui ne peut pas être changé. On verra bien. Pour l'instant, elle veut juste profiter des plats qui cuisent près d'elle, et parler avec son amie si belle, si blanche, qui est revenue pour voir tout cela… Mais aussi pour elle, c'est sûr. Les voilà réunies autour d'une assiette à fleurs remplie de beignets croustillants. Aya en attrape un qu'elle donne à Camille, puis un deuxième pour elle. Et un troisième. Des bruits de couteaux claquent la mesure pendant qu'elles se régalent en silence.

Camille est fascinée par ce qu'elle voit, par ce qu'elle vit. Elle regarde Aya qui reprend des couleurs. Eux aussi peuvent les perdre ! pense-t-elle. Elle lui demande : « Alors, ça dure jusqu'à quand cette cérémonie incroyable ?

– Ben, toute la journée. Tu n'as encore rien vu ! Quand la nuit sera tombée, on accompagnera les futurs initiés jusqu'à la lisière de la forêt. Ils iront dans le bois sacré avec les sages et nous, on les laissera là. On aura juste le droit de rentrer dans nos chez-nous. Tu restes combien de temps ?

– Je dois repartir lundi. J'ai une expo à Paris qui commence la semaine prochaine.

– Une expo ?

– Oui, une exposition de mes photos. J'en fais souvent. J'y montre comment je vois le monde. Je présente mes amis de partout. La prochaine fois, si tu veux bien, je mettrai ton portrait.

– Oh oui, et tu peux m'emmener dans ta valise ?

– J'aimerais tant ! Tu es dans mon cœur, c'est beaucoup mieux. Et puis ton île est si jolie. Elle te va bien.

– Non, je suis très mal partout en ces moments. J'ai mal, et j'ai la fièvre… Je crois que c'est le palu.

– Il faut que tu te soignes. Tu devrais aller au dispensaire. Je t'accompagne demain.

– Ben, non ! Demain on est dimanche, je vais prier pour qu'Ousmane réussisse son examen avec les esprits.

– Dans ce cas, on ira lundi, je prends le bateau le soir… Regarde ce qui se passe là-bas. On dirait que des vieux font des discours. »

En se rapprochant de l'attroupement, elles voient un homme très âgé qui parle en faisant des rimes et un être étrange qui rebondit comme s'il avait avalé un ressort surpuissant. Sa tenue est étonnante, il ressemble à une motte de paille.

« C'est le *Kumpo.* Il sort rarement de sa cachette, il est celui qui sait… »

D'un coup, Aya interrompt sa phrase et plonge sa tête dans le sac de toile de Camille. Croyant qu'elle fait semblant d'avoir peur, Camille éclate de rire. Puis elle comprend que ce n'est pas drôle. Un homme habillé en noir s'est approché d'elles. Il pince Aya pour qu'elle sorte de sa cachette et s'adresse à elle avec autorité : « Alors, petite cousine, tu n'as pas trop peur de toute cette armada ? *Baaxul*, ce n'est pas bon de durer par là, c'est dangereux. Tu veux venir par ailleurs ? »

Puis il ajoute en regardant Camille : « Oh ! *Nangadef*, toubab, tu es là depuis quand ? » Elle serre ses mains moites.

« *Kassoumaye*, depuis hier. Je suis venue faire un reportage.

– Au revoir, mon oncle, va bon chemin », interrompt

Aya en secouant ses tresses. Elle tire Camille pour s'éloigner de lui le plus vite possible.

Soulagée d'avoir coupé court au baratinage de son oncle, Aya sillonne la foule en sautant les obstacles. Elle se sent forte au milieu de tous les siens. Elle aime cette fête aussi folle que profonde. Camille chaloupe au milieu de ces femmes pleines de vie et tâche de suivre l'ombre zigzagante d'Aya jusqu'au bout. Elle se dit que tous ces rites préservent la Casamance du monde qui l'entoure et se fond dans ses rythmes.

8

Le secret

Sur l'île tout est rentré dans l'ordre des choses. Les initiés sont rentrés dans le bois sacré. Camille est rentrée dans son pays. La pluie est rentrée dans la terre. Aya est rentrée dans l'attente.

Lundi matin, elle est allée au dispensaire, accompagnée de sa toubab. Devant sa fatigue et ses douleurs, l'infirmière lui a fait une prise de sang. En voyant l'aiguille dans sa veine et le liquide rouge remplir les flacons, Aya a cru qu'on lui prenait sa vie. Elle s'est évanouie dans les bras de Camille. Plus tard elle s'est réveillée dans une chambre proprette et on lui a dit qu'il fallait qu'elle attende les résultats. Camille a dû partir. Elle lui a fait un câlin si long qu'elle a failli rater le bateau. Juste avant de la quitter, elle lui a donné son joli bracelet avec une petite clé en or. Aya a promis de lui envoyer des nouvelles par la poste.

Elle s'ennuie, elle regarde par la fenêtre un oiseau affairé. Elle ne sait pas ce qu'elle attend, mais le temps est lent. Une voix d'homme interrompt sa rêverie, elle sursaute et sourit au monsieur en blanc qui entre dignement.

« *Niangadef*, ma fille, comment vas-tu aujourd'hui ?

– *Mandifirek*, monsieur, ça va bien et vous ?

– Où sont tes parents ? On ne sait pas grand-chose sur toi par là, présentement.

– Maman est un peu loin, je me prends en main toute seule. »

Aya se sent mal. Elle n'aime pas le regard condescendant de cet adulte-là. Elle voudrait filer par la fenêtre. Elle en veut à Camille qui l'a traînée ici, elle en veut à sa maman de la laisser seule, elle en veut à Ousmane de l'oublier, elle en veut tellement à Boubacar.

Le médecin s'est assis à côté d'elle. Il parle et elle ne l'entend pas. Il dit n'importe quoi, il parle de semence, de fertilité, de précocité. Il prononce des mots qu'elle n'a jamais entendus, il se donne l'air de tout savoir. Ils lui ont pris son sang, maintenant on veut lui prendre tout le reste. Elle est comme le lapin dans le labyrinthe, il tournait en rond, se cognait, et se retrouvait toujours au même endroit. Il finissait par mourir. Son papa lui racontait cette histoire triste, les dessins en couleurs étaient jolis et, avant la fin, des ailes bleues poussaient sur le dos du lapin. Ça se terminait bien, il s'envolait au paradis des lapins. Quand elle refermait le livre, elle était rassurée. Mais maintenant, il n'y a que des murs autour d'elle, et son papa ne lui a pas appris à voler.

Elle se bouche les oreilles, ne veut plus rien entendre.

On lui donne des mensonges. Elle se met en boule, pour rouler hors de ces mots. Elle ne peut pas : « Enceinte, c'est pour les grandes. Il a dû dire sainte, peut-être parce que j'ai trop prié. J'ai trop mal pour comprendre, j'ai mal au ventre, j'ai mal. »

On lui a mis un comprimé dans la bouche. Aya s'est étouffée en l'avalant. La gorge déchirée, elle aurait voulu cracher du feu sur ce qu'on lui disait. Elle est en colère. Tout s'écroule. Une jeune infirmière lui prend la main et lui explique : « Il n'y a pas d'autre solution, il faut garder l'enfant, son cœur bat déjà, tu veux l'entendre ?

– Les autres, les vraies mamans, elles ne sont pas comme moi des petites filles, j'ai que douze ans, moi. »

C'est sûrement sa faute, maintenant elle connaît son péché. Le médecin est revenu et lui a montré un dessin : « Tu vois, il est comme ça dans ton ventre, il respire déjà. » Aya entend, mais elle a l'impression qu'il s'adresse à quelqu'un d'autre, qui doit se cacher dans un coin de la pièce. Elle ne veut pas de ce cœur qui bat, ça la dégoûte, elle ne peut pas avoir un bébé à l'intérieur, c'est tout. On lui demande qui est le papa.

Elle pense au sien. Elle pense à Ousmane, mais ne dit pas son nom. Elle s'empêche de penser à son oncle. Elle sent son cœur se soulever et vomit tant qu'elle peut sur les sandales en cuir du docteur.

Ils l'ont laissée partir. Elle a fait semblant de comprendre, et hochait la tête à toutes les questions. Elle marche, elle est devenue une grande en une nuit.

Ousmane va être un homme, et moi une maman. Elle parle toute seule et se raconte des bêtises qui la distraient. Elle arrive chez elle, Aïssatou lui sourit. Aya voudrait rentrer dans le ventre de sa mère et tout revivre à l'envers. « Je vais dormir, et quand je me réveillerai, ouf ! c'était un cauchemar. » Elle prie la Vierge Marie et sombre dans un profond sommeil.

Des jours ont passé. Elle est retournée parler à l'infirmière, la seule qui connaisse son secret. Assise sur la plage, elle réfléchit des heures entières. Ses copines vendeuses viennent lui raconter leurs sornettes, elle fait semblant de s'y intéresser. Chaque jour le labyrinthe se referme autour d'elle, elle se sent prise au piège. Elle continue de faire comme d'habitude : s'occuper de sa maman, garder les chèvres, s'agenouiller devant les cierges, sourire à ses voisins.

La nuit, elle reste éveillée, la main posée sur son ventre. Elle sent ce qu'elle voudrait rejeter. Le matin, elle retrouve un peu de force, le soir elle s'enfonce dans son silence. Elle tremble, elle est mal. Son corps rouspète, sa poitrine durcit.

Le seul à qui elle aurait pu parler, c'est Ousmane. Enfin, pas sûr !

Dans son lit, les yeux grands ouverts, elle tripote inlassablement la clé du bracelet de Camille. Elle traficote dans sa conscience pour essayer de trouver une issue à cette impasse. Elle pense à sa photographe. Le premier jour sur la plage, elle lui avait parlé d'une maison près de Dakar. Tout ce qu'elle avait dit sur cet endroit est resté gravé dans la mémoire d'Aya, comme si elle savait déjà. Elle se souvient que c'est une maison rose, d'ailleurs c'est son nom. On y accueille les jeunes filles enceintes abandonnées et les enfants des rues. Elle l'a imaginée dans sa tête, elle voit tellement bien comment c'est là-bas.

Aya réfléchit tout haut. « Pourquoi pas ? Pourquoi pas pour moi alors ? Quitter mon île, c'est tout ce que je peux faire. À Karabane, si j'avoue ce qui m'arrive, à mon âge, sans mari, c'est tellement la honte, les regards mauvais. Même Ousmane me tournerait le dos. Ce serait la fin du monde. Je ne pourrais jamais. Il faut que je parte là-bas, c'est tout. C'est comme ça. »

Août et ses pluies diluviennes, août en points de suspension.

Aya s'est installée dans le mensonge. Elle n'ose plus aller à l'église, sûre que le prêtre verra en elle une brebis égarée. Elle craint que son ventre rond la trahisse. Elle se sent si seule, elle a voulu tout avouer à sa mère. Aïssatou a haussé les épaules et lui a demandé de se taire. Alors elle est allée voir l'infirmière, mais elle n'était pas là. Elle y est retournée, mais la jeune fille était pressée. Elle lui a conseillé d'en parler à sa tante, ou au prêtre, ou à une amie.

« Partir d'ici, oui, sans doute. À Dakar, il y a des endroits où tu seras aidée. »

Aya s'est renseignée sur les horaires du bateau. Madeleine sa voisine lui pose des tas de questions, elle trouve qu'elle a l'air fatiguée. Un matin, n'en pouvant plus de garder ce secret, Aya lui dit tout. En rentrant du puits, elle s'agrippe à Madeleine et lui raconte. Dans les moindres détails, du début à la fin. En reprenant son souffle après chaque phrase, en essayant de ne pas exagérer pour ne pas être trop plainte. Elle mélange les dates, et aide les mots à sortir avec ses mains, jure à Madeleine qui n'en croit pas ses oreilles : « C'est vrai, tu sais, c'est la vérité vraie ! »

À la fin du récit, elles sont accroupies au bord du chemin, leurs seaux d'eau posés devant elles, et Madeleine pleure sur le destin de sa jeune voisine qu'elle a vue naître et qui est comme sa fille. Elle entoure Aya de ses bras puissants. Elles repartent, le bruit de leurs pas ponctuant leur silence. Madeleine la laisse devant sa case.

« Je dois me concentrer, et je saurai demain ce que tu dois décider. Tout restera entre toi et moi, tu n'es plus seule à tout porter. Repose-toi. »

Aya se demande si elle a bien fait de se confier. Elle se sent plus légère, mais inquiète. Elle fait dîner sa mère et plonge dans des rêves où sa maison brûle.

Ce matin, comme promis, Madeleine frappe à la porte : « *Kassoumaye*, Aïssatou ! Je viens chercher la petite, elle va m'aider à ramasser le bois. »

Aya la suit chez elle : « Mon arrière-grand-mère savait tout ce qui allait arriver, et ma grand-mère, qui m'a élevée, savait lire l'avenir dans les cauris, tu sais, les petits coquillages blancs. Assieds-toi sur ce coussin. »

Sur le sol, Madeleine déplie un tapis en peau de léopard : « C'est contre le mauvais œil, il faut se protéger. »

Elle allume un bâtonnet de bois : « Pour purifier l'air, c'est de l'encens. »

Aya retrouve l'odeur du dimanche à l'église et ça la rassure.

« Je vais demander aux esprits de l'ombre ce que tu dois faire. N'aie pas peur, ils ne se trompent jamais. »

La femme pioche quatre cauris dans le tas, et les jette en l'air après avoir croqué un morceau de bois en fermant les yeux. Elle demande à Aya de dire son nom tout haut, puis marmonne dans une langue inconnue. Elle attrape les autres coquillages qu'elle lance à leur tour sur le tapis.

Puis elle ouvre les yeux et se tourne vers Aya : « Tu vois le dessin formé par les cauris ? Ce sont les symboles qui donnent les réponses aux questions que l'on a posées. »

Le cœur d'Aya bat trop vite à chaque envol des coquillages qui détiennent le secret de sa vie. Ils s'élancent, remplis de leurs savoirs. Elle essaie de comprendre ce qui va lui arriver et qui s'écrit devant ses yeux. Au bout d'un temps très long, Madeleine se lève, fait le tour de la pièce et revient s'asseoir face à elle. Son regard humide s'arrête sur Aya.

« On ne peut pas tout dire ici, à Karabane. La vérité n'est pas bonne, surtout quand les hommes sont dans le bois sacré. Les esprits aiment le calme. Il faut laisser Boubacar avec sa famille. Tu dois quitter l'île, car tu n'es pas en sécurité. Tu vas avoir un fils, il sera robuste. Je m'occuperai de ta maman, je te prête de l'argent pour le voyage. Tu trouveras le lieu dont tu as entendu parler, tout va bien se passer. À Dakar les gens sont plus ouverts qu'ici. C'est moderne. Dans cette ville, beaucoup de filles ont des bébés seules. Tu vas aller d'abord chez ma nièce, le temps de trouver l'endroit que tu cherches. »

Elle lui dit que sa vie n'est plus ici, il faut qu'elle s'en aille, le plus vite possible. « Ton ventre va bientôt tout raconter à ta place. Il faut que tu partes avant le début du mois, je te le dis. »

Madeleine, qui parle aux arbres et cuisine si bien le riz au poisson, sait que les coquillages ont toujours raison. Aya a bien écouté pour tout retenir et maintenant elle rentre chez elle. En cherchant dans sa case un signe qui l'aiderait à tout quitter, elle s'aperçoit que la photo de son frère a disparu. Celle qu'elle regarde tous les soirs en faisant sa prière. Elle cherche partout, inspecte sa mère qui est allongée devant la porte et, après avoir fouillé la case de fond en comble, se rend à l'évidence. Si la photo n'est plus là, c'est qu'elle doit partir à la recherche de son frère. Loin d'ici.

Elle a bien fait d'en parler à sa voisine.

9

Le départ

Quand elle se réveille dans le ferry, Aya a du mal à croire qu'elle est vraiment partie. Elle quitte son fauteuil en plastique blanc pour sortir sur le pont. En tenant le bastingage, elle découvre une mer nouvelle qui brille de mille soleils. Elle se penche pour essayer de voir au travers des vagues épaisses. Autour d'elle, le ciel grisé et l'océan sans fin lui donnent le vertige. « Tout ça existait déjà et je ne le savais tellement pas. »

Depuis qu'elle a quitté Karabane sur la pointe des pieds, elle est sidérée par tout ce qu'elle découvre. Quand elle a vu son île devenir minuscule au fur et à mesure que le bateau s'en éloignait, elle a crié. C'était plus fort qu'elle. L'île était devenue plus petite que la main qu'elle tendait pour la rattraper. Ballottée par la foule qui la pressait vers l'intérieur, elle s'est retournée pour voir une dernière fois son bout de terre, mais il s'était volatilisé.

Aya a posé ses mains sur son ventre pour le protéger, personne ne faisait attention à elle, elle avait disparu comme son île. Elle s'est installée près d'un groupe de jeunes filles bavardes et maquillées. Elle a une fois de plus inspecté son sac, il y avait bien tout à l'intérieur : les gris-gris de Madeleine pour la protéger, la bourse contenant les pièces et les billets qu'elle lui avait prêtés, des gâteaux, de l'eau, des tee-shirts, des culottes, son pagne, sa jolie robe et surtout sa bouteille en sable donnée par Cissé.

Le jour où les coquillages avaient rendu leur verdict, Aya était allée se réfugier dans son atelier près de la plage. Elle n'a pas eu besoin de lui dire, il avait compris. Il lui a pris la main et lui a parlé de la confiance qu'il fallait garder. Ils se sont installés sous l'arbre, il a sorti les pailles, les bols remplis de sables rose, bleu, jaune, rouge, blanc, et a commencé à remplir sa plus jolie bouteille. Aya ne quittait pas des yeux les grains colorés qui dessinaient des collines magiques, et tout lui a semblé évident. Sa vie était tracée comme ces lignes de sable.

« Ma petite, on dit chez nous : “L'homme est le remède de l'homme.” Même si tu as été trahie, désormais tu vas rencontrer des hommes ou des femmes pour t'aider et avancer. Je vais prier chaque jour pour toi, et personne ne te fera du mal. Un jour tu reviendras, j'en suis sûr », lui a-t-il dit en lui offrant le flacon qu'il venait de terminer.

Réconfortée par ces paroles, Aya était rentrée chez elle en tenant comme un trophée le précieux cadeau.

Elle respire l'air chaud pendant que l'*Aline Sitoé Diatta* fend la mer. Elle aussi se sent coupée en deux. Une moitié restée avec Ousmane, ses souvenirs, sa vie d'avant, et l'autre prête pour l'aventure. L'océan s'ouvre devant elle. Aya tangue entre angoisse et excitation. Elle réalise qu'elle s'est assoupie d'un coup malgré les rires bruyants de ses voisines.

« C'est fou d'avoir dormi si longtemps, comme si je ne voulais pas savoir ce qui se passait. Je voulais fuir ma fuite ! »

À présent, il fait jour et Aya est subjuguée par l'océan à perte de vue. Elle s'attend encore à croiser des pirogues conduites par ses amis pêcheurs. Elle se demande si son frère est parti par là. Son frère si petit sur la photo, si grand la dernière fois qu'elle l'a vu.

« Tu n'es pas tombé à l'eau comme papa, hein ? Non, bien sûr, tu vis là-bas, très loin. »

Son esprit flotte avec son père, sa pensée vogue avec son frère. Et avec sa maman qu'elle a laissée chez Madeleine. Des petits coups dans son ventre lui rappellent qu'elle n'est pas seule. Et Ousmane, que fait-il en ce moment ?

Le jour où il devait sortir du bois sacré, elle l'avait attendu longtemps, avec les mères inquiètes de savoir si elles allaient retrouver leurs fils vivants. Aya s'était faite très jolie, elle allait enfin pouvoir lui parler, le toucher, le regarder. Mais quand elle a reconnu sa silhouette sous le drap bleu, quand elle a entendu les femmes chanter et le tam-tam exploser de joie, elle a pris ses jambes à son cou pour partir le plus loin possible. Elle a eu mal, très mal partout. Et elle a décidé de quitter Karabane dès le lendemain pour qu'Ousmane n'ait pas le temps de lui rendre visite. Il ne devait pas savoir.

Aya souffle dans la brume pour aider le soleil à sortir des nuages. Des dauphins escortent le navire. Des toubabs s'approchent et photographient les danseurs marins. Elle retourne à l'intérieur, sur sa chaise blanche qui l'attendait : « Merci… En plus, j'ai bien dormi grâce à toi », lui chuchote-t-elle en enlaçant ses accoudoirs.

Une dame regarde sa montre et dit tout haut : « Il reste encore une heure avant d'arriver. »

Le matin chantonne, les touristes et les habitués du ferry se bousculent en riant. Ils reviennent du bar en mâchant des fruits qui dégoulinent. Des garçons sifflotent, des bébés grognent, accrochés au sein de leur maman assoupie, et ses voisines jacassent comme des mouettes. Aya sort ses gâteaux, car elle a faim. Ils sont meilleurs que jamais.

Les filles continuent à parler comme si la nuit ne leur avait pas suffi, et Aya se demande comment elles font pour avoir tant de choses à se raconter. Soudain l'une d'elles se retourne : « Bonjour, Mademoiselle la mignonne, tu vas bien, toi ? Tu vas faire quoi à Dakar ? On dirait que tu es tombée du nid ! Je m'appelle Aminata, et je te présente Sophie et Anita. Et toi ? Quel est ton nom ? »

Aya prétend qu'elle va retrouver son frère pour vivre avec lui. La plus grande lui explique qu'elles veulent devenir chanteuses et qu'elles vont rencontrer des musiciens à Dakar. Puis elles partent chercher à boire en se tenant par la main. Aya les regarde s'éloigner. Elle ramasse le papier avec l'adresse de la nièce de Madeleine, il était tombé par terre. « Mon Dieu, ouf que je ne l'ai pas perdu. »

Elle ferme les yeux pour prier, mais le bateau bouge beaucoup trop. Elle n'a pas le temps d'avoir peur, car les voilà bientôt arrivées. Elle se précipite dehors et aperçoit les lumières de la ville. Dakar se profile dans l'ombre et les vagues sortent de leur réserve pour saluer la capitale. Aya se sent soulevée par les flots autant que par l'émotion.

Des paquebots immobiles et serrés les uns contre les autres surgissent comme une ville construite sur l'eau. Un brouhaha de sirènes et de moteurs écrase le silence. D'énormes cargos, portant des carrés d'acier aux couleurs de terre brûlée, encadrent le port avec rigidité. Des mâts si hauts qu'ils touchent les oiseaux, des lumières partout, et la trompe du ferry annonçant leur accostage.

Devant le remue-ménage qui secoue le bateau, Aya serre son sac pour s'engouffrer dans la cohue pressée de mettre pied à terre. Elle regarde les immeubles sales et s'élance courageusement.

« Il faudra que tu te démerdasses ! » lui avait soufflé

Madeleine. Elle entre dans un taxi déglingué et tend au conducteur le papier froissé avec l'adresse.

– Ça fera 1 500 francs. »

Il accélère en klaxonnant dans la ville qui se réveille. Le nez collé à la vitre, bouche ouverte, elle ne perd pas une miette du spectacle. Dans le rétroviseur, elle croise le regard joyeux du chauffeur qui fredonne en conduisant à toute allure.

Quand Madeleine lui avait dit : « Ma nièce est très gentille. Elle a un bon emploi, elle est esthéticienne. C'est une fille sérieuse », Aya n'avait pas osé lui avouer qu'elle ne connaissait pas ce mot, « estétissiene ».

Ils arrivent déjà. Un jeune homme qu'elle croise lui montre le chemin. Elle monte les escaliers et se dirige vers l'appartement C43 d'un pas qui fait semblant d'être assuré.

10

Dakar

« Bon, t'es bien d'accord ? Tu es sûre que tu veux changer de tête ? »

Ce dimanche, Anaïs ne va pas travailler. Elle reste avec sa protégée. Depuis qu'Aya a débarqué dans sa vie avec presque rien sauf son grand sourire, la nièce de Madeleine fait de son mieux. Chaque matin, avant de partir à l'institut « Sénégal'à l'aise » où elle reste jusqu'à quinze heures, elle lui prépare le petit déjeuner. Aya n'a jamais vu tant de choses délicieuses et bien mises.

Sur le napperon en dentelle, un bol de chocolat mousseux, une salade de fruits découpés en carrés tellement petits qu'elle n'ose pas y toucher. Elle croque dans le pain croustillant qu'Anaïs a déjà beurré. C'est le troisième jour aujourd'hui et Aya n'en revient pas d'être tant dorlotée. Après avoir pris sa douche, elle enfile un tee-shirt et glisse dans son short qu'elle ne peut plus fermer. Elle confie sa chevelure aux doigts experts de sa nouvelle amie. Anaïs a quarante ans, mais semble plus jeune avec son corps musclé et sa peau lisse. Ses nattes teintes en bleu, sa bouche rose et brillante et ses cils immenses ont immédiatement séduit Aya.

Vêtue d'une longue robe brodée de fleurs violettes, elle se place derrière sa « petite cliente », installée devant le miroir ovale. Armée d'un peigne en bois, elle s'attaque à la tignasse épaisse. Elle tresse avec patience des nattes parfaites qui créent des lignes régulières partant du front pour finir dans un chignon torsadé sur le haut du crâne.

Au bout de trois heures, en découvrant son nouveau visage, Aya n'en croit pas ses yeux, et se rapproche tellement de la glace qu'elle s'y cogne. Elle est devenue une vraie jeune fille… Elle se jette au cou d'Anaïs pour la remercier et se retourne encore vers le miroir pour s'assurer qu'elle n'a pas rêvé. Avec sa longue nuque dégagée, ses yeux en amande, ses longs bras déliés, elle ressemble à une danseuse. Elle cache son ventre avec ses mains. En même temps, si elle ne l'avait pas, elle ne serait pas là, pense-t-elle en le caressant.

Vers midi, toutes deux sortent se promener dans les rues agitées où Aya n'avait pas osé s'aventurer seule. Le premier jour elles étaient parties ensemble au marché, et c'était tellement encombré de monde, de voitures, d'immeubles, de bruits qu'Aya n'avait pu voir le ciel. Aujourd'hui, elle s'accroche à la main d'Anaïs et remarque que les hommes se retournent sur leur passage. C'est la pagaille. Dévalant les trottoirs défoncés, Aya découvre à chaque coin de rue tant de choses nouvelles.

Des coiffeurs de plein air et leurs enseignes peintes tellement drôles : « Chez Tif et Tondu », « Faudra Tif Hair », « Antiq'hair », avec les dessins des coupes proposées : à la légère, demi-rasé, Marlon, Rasta Reggae. Des échoppes de cordonniers, de tailleurs – « Au bon chic », « Diouf Dior » –, de réparateurs de machines à coudre, de photographes minute, de fixateurs de dents en or, de matelassiers, de récupérateurs qui métamorphosent les vieux pneus en sandales. Les canettes de bière ou de Coca sont devenues des valises.

Une fois passé le premier choc de toutes ces découvertes, Aya est fascinée par la foule colorée qui se presse en désordre. Elle est étonnée par la variété des chapeaux : fichus, turbans, foulards, calottes, passe-montagnes, bérets, casquettes, bonnets de laine avec ou sans pompon, il y a même un vieil homme avec un casque colonial ! Aya se demande si elles ne sont pas les seules à se promener nu-tête. Tout est tellement différent, même le sol, si dur qu'elle a mal aux pieds.

Anaïs décide de l'emmener au cinéma, elle essaie de lui expliquer comment c'est, mais Aya a du mal à imaginer. Elle a hâte de connaître.

Hier soir, Anaïs lui a dit qu'elle avait trouvé l'adresse de la Maison Rose grâce à une association qui a pignon sur rue en face de son salon. On lui a confirmé qu'on y accueillait les jeunes filles enceintes délaissées et les enfants des rues. Elle lui a proposé de l'y accompagner, mais Aya a répondu qu'elle était assez grande et

« démerdasseuse » pour y aller seule. Elle partira demain matin dans un taxi jaune, avec sa nouvelle coiffure. Anaïs lui a promis d'aller lui rendre visite.

Aya profite de ce nouveau dimanche sans messe avec sa nouvelle amie qu'elle va devoir quitter. Elle touche ses nattes en pensant à son île qui lui semble très loin. Elles arrivent devant le cinéma Plazza, l'affiche du film indien est immense et colorée.

« *Amour de toujours, sans retour* : c'est le titre de ce que tu vas voir ! Les films indiens de Bollywood, ça te tire les larmes à l'œil, pour sûr », lui dit Anaïs en demandant des places de première classe.

Une fois assise, Aya se retourne et voit que les autres sont serrés comme des sardines sur des bancs nettement moins confortables que leurs chaises métalliques de première ! Il y a déjà une ambiance folle dans la salle et, quand la lumière s'éteint, on applaudit à tout rompre. Quand l'écran s'anime, Aya est au paradis… La comédie musicale bat son plein, avec des scènes langoureuses, des danses maniérées et des répliques inaudibles. Aya est transportée au-delà de tout ce qu'elle imaginait.

Une coupure de courant de quelques minutes, et la salle crie des mots un peu dégoûtants, en riant de bon cœur. L'histoire reprend, mais cette fois, l'appareil de projection est déréglé : la bande-son est en décalage avec les images. Des sifflements et des cris ont pris le relais. Aya a du mal à suivre, mais elle est tellement passionnée qu'elle se fiche bien de ne pas tout comprendre. Aux moments les plus tendres, quand le héros embrasse enfin sa dulcinée, la salle entière hurle :

« Golo, golo !

– Mais dis don' !

– Allez, lélé ! Allez, vas-y ! »

Ça lui rappelle quand les hommes de son village écoutent un match de foot sur la radio qui grésille.

Les actrices bougent leur ventre dans tous les sens pour essayer de séduire le héros, mais il n'aime que celle qui est bien plus belle et qui chante mieux que toutes les autres. Avant que le film se termine, un grand branle-bas de combat, tout le monde se lève et quitte le cinéma. Elles se retrouvent presque seules et quand le mot FIN apparaît à l'écran, Aya a de la peine. Anaïs lui explique qu'ici les gens partent toujours avant la fin. Tout le contraire d'Aya qui voudrait tellement rester et revoir le film.

La nuit est tombée. Elles font une halte chez un Libanais et achètent un kebab. Le patron moustachu leur offre du thé. Un peu sonnée par sa journée, Aya évite de penser à demain. Elles rentrent en se tenant par la taille et en imitant les gestes exagérés des comédiennes qu'elles ont tant aimées.

Aya espère retarder le plus possible le mot FIN qui mettra un terme à ce dimanche épatant. Des images du film défilent dans sa tête, et elle se demande si c'est comme ça l'amour. Des sourires, des regards, des danses, des larmes, des chants, des mots, des secrets… Et tout finit par un baiser sur la bouche en gros plan ! Aya s'imagine avec Ousmane, il lui manque tellement.

Elle n'a pas sommeil, elle tire le voilage vert pâle qui la sépare du lit d'Anaïs. Celle-ci ne dort pas non plus. Assise en tailleur les yeux fermés, elle écoute de la musique un casque sur les oreilles. Aya se rapproche doucement d'Anaïs qui sursaute en la voyant : « Tu m'as fait peur !

– Je me demandais si toi, tu sais comment c'est l'amour.

– Ah ! Mais quelle question ! Oui, euh, pas sûr en fait… J'ai souvent été déçue… J'ai cru aimer, mais soit ils avaient déjà une femme, ou deux, et je ne voulais pas être la troisième, ça jamais. Ou alors ils étaient paresseux ou ennuyeux ! Mais, en juillet, j'ai rencontré Ibrahim… On est tombés en amour et j'ai eu envie de le suivre quand il a dû repartir. Il fait de la musique.

– Pourquoi t'es pas partie avec lui ?

– Il vit au Mali… Il a promis de revenir, et on se parle au téléphone, c'est bien aussi. Chaque fois qu'il appelle, mon cœur bat si fort qu'il sort presque de ma poitrine. Il m'a laissé une cassette avec ses chansons, et je l'écoute tout le temps ! Quand j'ai vu le film, j'imaginais vivre tout ça avec lui…

– C'est trop bien ! Et c'est drôle, moi aussi je pensais tout le temps à Ousmane.

– Ousmane ? C'est qui ?

– C'est mon ami de toute ma vie. Déjà quand je suis née, il était là. Sur le dos de sa maman qui aidait la mienne pour ma naissance. Maman m'a raconté qu'il a dit son premier mot ce jour-là… Quand il m'a vue, toute blanche et si petite, posée sur son ventre, il a dit "ballon", car j'étais pelotonnée en rond ! Moi je ne m'en souviens pas. Il me semblait grand quand j'étais petite. Il a deux ans de plus que moi. Tu comprends, on ne s'est jamais quittés de toute la vie, c'est pour ça, je peux mourir pour lui tellement… »

Sa voix faiblit, alors Anaïs la serre contre elle.

Elles ont continué à parler très tard, de leurs cœurs, de leurs envies, de leurs peurs. Quand Aya s'est réveillée, Anaïs venait de partir. Elle lui avait préparé son bol de chocolat chaud.

Aya range ses affaires en y ajoutant la jolie robe qu'Anaïs lui a donnée. Elle lave son bol, tape le matelas et lui laisse un mot avec des cœurs et des fautes d'orthographe.

Elle entre dans un taxi et tend au chauffeur le papier avec l'adresse. Il fait chaud, et elle a mal au ventre. Le trajet est interminable, car la voiture est bloquée contre des tas d'autres, tellement il y en a. En plus, le chauffeur ne la regarde pas, ne lui parle pas. Il lui fait peur.

« Peut-être est-il au courant que, quand on va là-bas, c'est qu'on a fait un péché ? » Car elle sait maintenant. Partir sans saluer tous ceux de Karabane. Péché…

Avoir un bébé dans le ventre sans l'avoir demandé. Péché… Et ce que son oncle lui faisait, c'est beaucoup sa faute à elle, il lui avait dit… Péché, péché, péché. Elle a pourtant tout raconté à Jésus, à Dieu, à Marie. Elle a demandé pardon. Et elle a fait ses prières tous les soirs.

Mais bon, si le monsieur qui conduit n'est pas très gentil, c'est peut-être juste qu'il est de mauvaise humeur…

Perdue dans ses pensées, elle n'a pas remarqué qu'ils sont enfin arrivés. À Guédiawaye, en face de la station-service, à la Maison Rose…

Toute rose, remarque-t-elle en frappant à la porte.

11

La naissance

«Je suis dans cette salle depuis trop longtemps. C'est fou, j'ai pas compris quand j'ai fait pipi et que je ne pouvais pas m'en empêcher. Thérèse me regardait d'un drôle d'air et j'ai su que ce n'était pas normal. Elle est allée chercher Mona en courant. Et tout est allé très vite. Elles m'ont dit de me préparer, on partait à la clinique. J'avais l'impression que mon ventre se serrait très fort. Thérèse est venue aussi et Mona conduisait. On a attendu longtemps. Je respirais bizarre, et mon ventre me faisait de plus en plus mal. Le docteur a pris un air très ennuyé et a dit à Mona : "Ouh la la ! je n'aime pas ça. Il faut l'emmener à l'hôpital, ici, on ne pourra pas. Ouh la la !"

«J'ai eu encore plus peur. On est reparties, et j'étais plus vraiment moi, je sais pas où j'étais. Maintenant, je suis dans cet hôpital, et mon ventre est très gros, et dur, on dirait une pierre. On m'a laissée seule. Là j'ai vraiment trop mal. Et puis ça s'arrête. Mais quand ça revient, c'est pire qu'avant. La porte est fermée, j'ai envie que Thérèse vienne. Il y a beaucoup de mouches, et elles ont l'air affolées, comme moi. Mona aussi, je voudrais qu'elle soit là. La première fois que je l'ai vue à la Maison Rose, j'ai trouvé qu'elle ressemblait à la poupée blonde avec laquelle je jouais à l'école. Surtout, elle m'avait embrassée et j'ai eu l'impression qu'elle me portait quand elle m'a pris la main pour me faire visiter la maison où j'allais rester, tellement je me sentais légère. Elle souriait, elle m'a expliqué, elle m'a regardée. Elle n'a pas posé de questions. Pas ce jour-là.

« Et si je tombais de cette table, elle est trop haute, et glissante. J'ai envie de me tordre. Et si le bébé sortait d'un coup, il tomberait aussi. Pourquoi je suis enfermée ? Si j'appelle, on va pas m'entendre. Il y a pas de fenêtres, comment elles sont entrées ces mouches très grosses ? Enfin, pas tant que moi, je suis énorme. Je vais exploser. Et il est trop dur mon ventre, c'est pas vrai qu'il y a un bébé dedans. Même si je la crois, Mona, elle ne sait pas tout. Pourquoi je suis seule ? J'ai plus l'habitude. Depuis que je suis à la Maison Rose, on ne me laisse jamais seule. On est trois dans la chambre, et j'ai mon oreiller brodé à moi. Et il y a toujours des gens qui passent, des femmes qui me parlent, des enfants qui jouent… Aïe ! Alors là je vais hurler. C'est comme si des vagues passaient et m'écrasaient et après, elles se calment, pour revenir encore plus fortes. “MONAAAA ! THÉRÈSE ! Me laissez pas mourir de trop de douleur !”

« Et le jour où on se met en rond autour de Mona et on parle chacune de ce qu'on a dans le cœur. J'aime beaucoup ce jour, le vendredi. J'écoute les autres filles et c'est très triste. Y en a une, elle a dit qu'elle a tué son bébé avec un oreiller, car si elle l'avait pas fait, ses parents l'auraient tuée, elle, et aussi son bébé. Mes larmes, cette fois, elles sont ressorties pour de bon. J'ai trop pleuré, elle est si gentille, je l'aime beaucoup, Astou. Elle va avoir un nouveau bébé.

« "Venez vite ! J'arrive plus à crier. J'ai trop mal et trop peur..."

La porte s'ouvre et l'infirmière installe une grosse dame sur la table juste à côté.

« "S'il te plaît, dis au docteur de venir. Le bébé est bloqué et il va pas pouvoir sortir, il étouffe dans mon ventre." La jeune femme lui pose un stéthoscope.

« – Tsssss tsssss, j'entends le cœur. Calme-toi. Je vais chercher ta sœur."

« Elle a rien compris, c'est pas ma sœur, Thérèse. Enfin, j'aimerais bien. Elle aussi a un bébé dans le ventre et elle en veut pas. Elle est très triste, c'est le bébé d'un esprit mauvais, elle dit ça tout le temps.

« J'ai jamais eu autant mal, ça ne va plus s'arrêter de toute ma vie, je crois. À la Maison Rose, il y a une grande terrasse, et on y va souvent. J'ai envie d'y être, de pas rester ici. Là-bas j'ai appris le yoga. On s'allonge toutes par terre et on respire en gonflant le ventre. Comme s'il n'était pas assez gonflé ! Et on ferme les yeux, on ouvre les bras et les mains. La dame du yoga nous dit ce qu'il faut faire, et ça fait trop de bien. Je m'endors parfois. Surtout, on pense plus à rien, comme quand j'étais là-bas avec mes chèvres et que je regardais les nuages. Alors là j'en peux plus, tellement je souffre. Dans mon dos, dans mon devant, ma tête aussi, je veux que tout s'arrête, je préfère mourir, je peux plus respirer.

« Je hurle, Mona arrive. Elle pose sa main sur mon front. "Ma chérie, ça va aller. Il faudra peut-être ouvrir ton ventre pour faire sortir ton bébé, mais on va essayer de pas le faire. Tu es très courageuse, je sais que ça fait vraiment mal."

« Je vois bien qu'elle est pas pareille. Je vois que Mona dit pas la vérité. Je vais toujours avoir mal et disparaître. Retrouver papa. C'est des vagues pareilles qui l'ont étouffé. La dame à côté a pas l'air bien. Elle crie dans sa bouche fermée. On dirait une chanson morte.

« Je gémis encore et la sage-femme revient, m'écarte les jambes et me dit de pousser le plus fort possible. J'essaie, mais ne sens plus mon ventre tellement la douleur me poignarde. "Mona, je peux pas. Aide-moi." Mona appuie sur mon ventre pour faire sortir le bébé. J'ouvre les yeux et vois Thérèse, collée contre le mur, terrifiée. "Bon je pousse, j'ai rien à perdre, je pousse tout, il faut que ça parte, que ça s'arrête. J'y arriverai jamais, ils comprennent rien…" Mona sort de la salle et revient avec le docteur qui s'assied devant mes jambes ouvertes. Je sens des mains qui veulent rentrer en moi.

J'ai l'impression de tomber dans le vide. Au loin, j'entends la voix du médecin : "Allez, petite, maintenant, respire et pousse très fort, le plus fort possible." Ça dure longtemps, longtemps. Mais où je suis ? Mona appuie toujours sur mon ventre. "Mona, tu me fais trop mal, arrête !" Je crie, je souffle, je ferme les yeux pour ne pas voir, je respire de plus en plus vite. "Voilà, on y est, on voit les cheveux !" C'est pas vrai, il ment. Mona me dit encore : "Respire, et souffle, fort oui, très bien !" La dame à côté hurle aussi maintenant, elle sait que j'en peux plus, les larmes elles coulent, je pleure, je veux voir maman, ma maman d'avant, je veux pas être une maman, je peux pas prendre ta place, maman, pourquoi tu me laisses, et il dit encore : "C'est bien !" le docteur. Quoi, c'est bien ? T'es fou, toi, je meurs, je suffoque, je crie maman, je hurle maman, j'ai mal maman, et j'entends : "Oui, la tête !" Je sens quelque chose qui sort de moi, et là, je pousse vraiment. Mona pleure elle aussi, et dit : "C'est bien, ma chérie !" Je sens que c'est maman qui sort de moi, c'est chaud, c'est mouillé, y a du sang. "C'est un garçon !" Et on le pose sur moi. Un vrai bébé tout fripé et si petit, il bouge presque pas, juste sa bouche qui s'ouvre, ses poings sont fermés et il y a un fil qui sort de son ventre. Mona le coupe, alors je dis très fort : "Faut pas lui faire mal, vous comprenez pas ? C'est mon bébé ! Il est à moi !" À ce moment, le bébé crie avec moi. Il me regarde avec ses yeux gonflés, alors je me tais, j'ai plus mal, je peux le serrer, et il commence à mettre sa bouche sur ma poitrine pour m'embrasser, c'est mon bébé, je suis pas morte, il est ma vie, il est tout petit, tout fragile, alors j'arrête de pleurer et je lui fais un sourire, pour pas qu'il ait peur, pour qu'il soit bien. "J'ai réussi, Mona, j'ai réussi !" Et je le serre plus fort, et je ris et je pleure. Non, non, non, l'infirmière veut le reprendre, ah non, je le lâcherai jamais, jamais, il est rien qu'à moi. Mona parle doucement : "Il faut que tu le laisses. On va le peser, voir si tout va bien, et toi tu dois te reposer. Je te promets qu'on va te le rendre."

« Mon bébé hurle. Je m'accroche à Mona quand on m'enlève mon fils. »

12

Djibril

Son corps décharné est allongé sur un trottoir, près d'une gare. La gare du Nord sans doute. La peau à vif, la gorge sèche, il peut à peine bouger. Lui reviennent sans relâche les images du voyage. Djibril se souvient. Le souffle du vent, l'odeur de la mer, le bruit de la mort. Ses souvenirs en loques resurgissent à tout bout de champ et l'empêchent de sombrer.

(*C'est quoi, ces cris ? Un bébé… ou un animal qu'on égorge ? J'ai mal aux oreilles…*)

« Tout allait bien au début. Mon cœur était serré comme un nœud sur lequel on a trop tiré, car je laissais ma sœur, mon pays, et notre mère. Mais j'étais rempli d'espérance. La première nuit, sur la pirogue avec mes copains et les moins copains venus de Gambie qui avaient embarqué avec nous, les étoiles brillaient, le capitaine sifflait. Je quittais tout, et j'étais plein d'impatience. J'attendais depuis longtemps ce départ. Là-bas, j'allais réussir à gagner de quoi les faire vivre. Celles que j'aimais tant. Celles que je devais protéger. Avec mes compagnons de route, on se serrait les coudes et on tapait des pieds en chantant le refrain des guerriers. La lune à demi cachée nous regardait. Elle traçait des lignes sur la mer, et je ne pensais pas à mon père qui se trouvait dessous. J'étais si plein d'insouciance, prêt à tout affronter. Rempli de courage. »

(*Pourquoi ce bébé pleure si fort ? Il m'appelle, mais je n'ai plus de force. Il faut lui dire.*)

« Des jours, des nuits, le temps s'écoulait lentement. Une éternité. Nous étions fatigués de ne rien faire, nos corps nous faisaient souffrir, nous avions faim et soif. Les rations diminuaient en même temps que nos forces. L'odeur, cette odeur de curcuma, de sel, de pisse, de merde, me pénétrait par tous les pores et ne me quittait plus. »

Ma petite sœur, j'ai honte. Ma petite sœur, j'ai échoué.

« Après ces jours sans fin, de mer lisse, de soleil rouge, de sourires figés, nous avons croisé une pirogue vide entourée de corps gonflés qui flottaient. Nous l'avons dépassée, et nous avons rangé nos sourires et sorti nos prières. Le capitaine avait fondu, ses yeux étaient creusés et sa bouche grande ouverte semblait avaler cette éternité puante. On a commencé à ne plus supporter d'être autant serrés, on se regardait sans se voir. »

(*Ce bébé, faites-le taire, je vais l'égorger ! Maman, serre-le contre toi !*)

« Quel jour nous étions ? Y étions-nous d'ailleurs ? Nous avons commencé à nous bagarrer pendant ces heures où rien ne se passait. »

Un filet de bave coule sur sa joue et Djibril s'endort un court moment. Il retombe au fond de lui. Soudain il sursaute, réveillé par son pire cauchemar.

« Non, c'est pas vrai, ça n'a pas existé. Cette nuit qui arrive et le jour qui s'en va, emportant avec lui toutes nos chances. Le moteur qui s'arrête et nos heures qui sont comptées. La route vers l'Espagne qui vole en poussière, les gémissements des hommes qui comprennent à mi-voix. Le moteur cassé, les dos brisés, les mines défigurées. Toutes les routes coupées, c'est le vent, seul maître à bord, qui allait décider. À partir de ce jour, les hommes se sont laissés mourir. Chaque matin ou presque, nous comptions moins un. On fermait les yeux de celui qui nous quittait, on l'enveloppait dans une natte en paille. Et son corps faisait plouf dans l'océan limpide. Je regardais ce petit point qui s'éloignait, bientôt invisible. Lui aujourd'hui, demain moi. L'angoisse ne me lâchait plus. J'allais rejoindre mon père, mais je priais encore. Alors je pensais à Aya, et mes muscles se resserraient, mes veines se remplissaient, mes yeux dépassaient l'horizon funeste. J'allais y arriver, je serais le vainqueur. La peur, la nuit, les cris, et l'odeur, plus rien ne me touchait. Mais les heures s'allongeaient, et mes amis disparaissaient les uns après les autres. Je ne pouvais plus ouvrir les yeux, mes poings se desserraient. »

Il ouvre un œil tuméfié et devine dans son brouillard des êtres sans raison d'exister. « Je suis l'un d'eux. Mais lequel ? »

(Je me sens aller dans la paix. Une douceur infinie m'enveloppe. Je suis enfin bien. Laissez-moi partir. Mais pourquoi ces cris de bébé qui me réveillent ? Laissez-moi dormir. Laissez-moi mourir.)

Après la lente dérive de leur embarcation, un navire espagnol est venu à leur secours. Sur les trente-sept hommes, seulement vingt et un étaient encore en vie, lamentables revenants d'un voyage en enfer. Djibril a été soutenu, nourri et habillé. On lui a donné un numéro. Une femme aux cheveux blancs lui a souri. Il a réappris à vivre.

Et puis, ils ont voulu le renvoyer dans son pays. Il s'est enfui avec deux autres, ils ont sauté les barbelés à la tombée de la nuit. Ils ont couru très vite à travers des forêts. Ils ont dormi dans un pré. Ils ont eu froid, tellement froid qu'ils ont cru de nouveau qu'ils allaient mourir. Ils ne connaissaient pas cette sensation de glace qui s'agrippe au corps. Ils se sont relevés, ont franchi les lignes et traversé les ponts. Ils ont tendu leurs mains pour récolter des quignons de pain. Ils ont volé des fruits sur des étalages. On les a enfermés dans une cellule bondée. On les a rejetés de la prison pourrie et ils se sont séparés. Ils se détestaient de leur détresse commune.

Djibril a continué seul la route. Il est parti depuis trois ans déjà et n'a jamais donné de nouvelles. Il ne sait plus qui il est. Il sait juste qu'ils sont si nombreux à se trouver ici, près de cette gare. Et le nouveau-né hurle de plus belle. Djibril a tellement envie de le rassurer. « Chut, t'en fais pas, ça va aller. » Dans un énorme effort, il lève la tête et retombe aussitôt face contre terre comme une tortue à la carapace arrachée. Il replonge dans son cauchemar.

C'était juste avant la prison. Ils allaient s'endormir tous les trois sous un pont. Une jeune fille pâle et pressée de rentrer venait vers eux. Djibril a vu que ses deux compagnons étaient à l'affût, les yeux jaunis par la lumière blafarde. Il a compris. Il a pensé à Aya. La faim aidant la mémoire à racler bien au fond des souvenirs, tout est revenu.

« Aya ne t'approche pas, il va te prendre. Ses pattes immondes sur ta peau. Et moi, je n'ai pas bougé. J'ai fermé les yeux et je l'ai laissé faire. Je ne t'ai pas défendue. Moi aussi, j'ai été sali ce jour-là, Aya, ma sœur chérie, j'ai honte, tellement honte. J'ai entendu partir en sifflant notre oncle ignoble et je n'ai rien dit, je n'ai jamais rien dit. »

La jeune fille pâle avançait comme une ombre ondoyante sur les dalles luisantes. Sous son front bombé, ses yeux cernés ne voyaient pas le danger. Ses cheveux flottaient dans le vent et Djibril avait l'impression qu'elle dansait tant elle était légère. D'un seul coup, il s'est levé et a couru vers elle pour la protéger. Avant que les deux loups-garous ne se jettent sur elle, il l'a emmenée le plus loin d'eux qu'il pouvait. Elle a poussé des gémissements si faibles qu'on ne les entendait pas. Et elle est partie en courant quand il l'a relâchée.

Quand Djibril est revenu sous le pont, haletant et fier, ses compagnons en rage l'ont insulté. Le plus vieux lui a balancé un coup de poing en pleine figure. Il s'est effondré, le nez en sang. Il était heureux. Cette fois, il avait osé.

Djibril essaie une fois de plus d'ouvrir les yeux pour voir le bébé. L'enfant s'est tu. Une femme est repartie avec lui. Djibril se sent si seul.

13

La grâce

Aya a mal au ventre. C'est dur de se tenir debout, ça tire partout, elle a l'impression que tout est explosé à l'intérieur. Elle quitte l'hôpital le lendemain de son accouchement, avec son fils dans les bras, comblée et épuisée. Elle serre contre elle son trésor, il est emmailloté comme une petite momie. Elle l'a immédiatement enveloppé d'un amour infini.

Dans le taxi qui la ramène à la Maison Rose, avec Thérèse à ses côtés, elle chante doucement l'air que sa maman fredonnait en accrochant le linge sous le soleil :

Saï, saï et si le cœur y est je partirai devant
Sur la route du ciel, sur la route du vent
Sur le chemin j'entends le chant des griots
Et j'entends l'écho du rire des enfants
Sur cette route à présent
Je marche en riant, car le cœur y est éternellement…

Aya chante pour son fils, elle bascule et chavire dans cet air familier. Saï, Saï, les cris des enfants de mon village ne sont plus qu'un écho lointain. Saï, Saï, mon fils aux yeux plissés a envahi tout mon cœur. Saï, Saï, il est là depuis si peu et il est toute ma vie. Elle le serre un peu plus fort, le respire et le lèche. Elle est devenue un animal sauvage, elle pourrait mordre pour le défendre. Elle voudrait qu'il soit encore en elle pour le protéger de tout. Ils s'enroulent l'un contre l'autre. Il ouvre les yeux et, la bouche de travers, il remue la tête pour chercher le sein réconfortant. En le nourrissant de toute sa tendresse, Aya reconnaît cet être qui vient d'elle mais aussi de tellement plus loin. En peu de temps, il l'a remplie en entier, il est sa mère, son père, son frère, et même Ousmane, tout ça à la fois. Elle découvre qu'elle aussi vient de naître. Pour une vie où elle devient maman avant tout.

Mona entre dans la chambre et retrouve, attendrie, cette grande petite fille accrochée à son enfant, ou c'est le contraire peut-être, elle ne sait plus. Cette dame qui semble toujours sereine s'assied sur le bout du lit. Si elle n'en avait pas déjà tant vu, Mona ressentirait le picotement des yeux, le serrement du cœur, la joie qui passe si près. Elle pourrait laisser sortir les larmes bloquées depuis tellement longtemps. Depuis ce jour où elle avait décidé de tout quitter pour suivre la route des laissées-pour-compte, elle avait dû devenir compatissante, mais en évitant d'être trop sensible.

En regardant Aya, son armure est en train de fondre. Elle l'a vue donner la vie et devenir mère sans quitter son enfance.

Mona remercie Dieu pour cette explosion de vie. Elle se souvient du matin où son premier enfant est né. Elle aussi était seule dans cet hôpital de province, elle aussi a accueilli sa fille comme un rempart à sa détresse.

Aya ose à peine respirer pour ne pas réveiller son fils endormi sur son sein. Elle tend son bras libre pour saluer Mona, laquelle lui attrape la main pour y déposer un baiser. Dans le silence monacal qui règne, cette chambre avec ses trois lits en bois se transforme en sanctuaire. Un souffle divin fait trembler les moustiquaires et imprègne toute la pièce. Mona ferme les yeux et croit entendre le murmure des archanges. C'est pour ces instants de grâce qu'elle a donné toute sa vie. Elle se sent remerciée.

Quand la porte s'ouvre en claquant, elle rêve encore, ce sont les autres mamans qui reviennent de leur entraînement. Alors elle se lève et sort, baignée de la lumière qui lui servira pour éclairer d'autres destins.

14

L'Empire des Enfants

« Moi aussi ma famille me manquait. Dans les rues étouffantes de Dakar, j'étais obligé de mendier, et le regard des passants, je le connais bien. Quand j'ai été sauvé par la femme qui m'a emmené à l'Empire des Enfants, ce centre qui ressemble à la Maison Rose et accueille les enfants des rues, moi aussi j'étais perdu. Chaque nuit je cognais les murs avec mes poings pour dire ma souffrance. Mam Anta tentait de me calmer. Elle a essayé de retrouver ma famille. Et puis un jour j'ai découvert le cirque grâce à un animateur. Il m'en a enseigné les bases. Et le cirque m'a relevé. J'ai découvert un chemin qui m'ouvrait à la vie. J'ai progressé, j'ai continué à m'entraîner et j'ai maintenant créé ma compagnie. Je suis là aujourd'hui pour vous aider à mon tour et vous montrer tout ce que le cirque peut pour vous. Le cirque nous dit que nous existons, que nous pouvons à nouveau avoir confiance en nous. »

Il parle beau, Modou, il est assis en tailleur devant toutes les filles et Aya a eu enfin le droit de se joindre au groupe pour son premier cours avec lui. Il est habillé d'un thiaya rayé, et s'exprime sans un sourire sur la bouche, mais en riant avec les yeux. Il raconte maintenant son enfance joyeuse dans son village plein de baobabs. Puis son père qui est mort et sa maman perdue qui devait élever ses quatre enfants. Et ce jour où le marabout de Dakar est entré dans leur case. Son ombre était si grande que Modou a tremblé de froid. Et sa mère qui a cru tout ce qu'il lui disait. Sa maman qui pensait qu'au moins lui, son petit dernier, il s'en sortirait. Là-bas dans cette école coranique, on lui apprendrait. Et l'ombre avait pris Modou par la main, il a dû quitter sa famille avec ce monsieur au boubou sale. Ses sœurs plantées devant la porte l'avaient regardé avec envie. Modou s'agrippait au pagne de sa mère qui lui disait : « Mon fils, tu as été choisi, tu dois le mériter, va ton chemin, tu ne dois pas pleurer. »

« Les larmes m'empêchaient encore de respirer quand on est arrivés. J'avais vomi dans la voiture, et là je découvrais une salle grise où la seule trace d'une école était le tableau noir posé dans un coin. Des tablettes coraniques étaient éparpillées au milieu d'enfants trop nombreux, trop maigres, trop sales. La journée, les brimades et les coups, la bouillie fade distribuée au compte-gouttes. Et, à la tombée du jour, il fallait partir dans la ville menaçante pour, les mains tendues, quémander les pièces qu'on devait rapporter au marabout. Il nous traitait de moustiques même pas capables de piquer, de déchets, nous étions des ordures, des larves et il nous frappait si nous ne ramenions pas assez. J'ai supporté trop longtemps, j'étais un enfant. Je ne me souviens plus de tout ce temps qui est passé. Un jour j'ai décidé de ne plus rentrer. J'ai désobéi. Je suis resté dans la folie des nuits chaudes et bruyantes. J'ai trouvé un groupe de grands qui fumaient et qui respiraient la colle pour oublier. Ils m'ont adopté, ils m'ont humilié, mais ils m'ont aussi émancipé. Je leur dois mon envol, même s'ils en ont profité. La vie dehors, vous connaissez. »

Aya écoute sans ciller, elle entend ces paroles qui résonnent très loin en elle.

« Et puis un matin, un sourire différent, une main qu'on vous tend et qui vous apprivoise. Comme vous ici, moi à l'Empire j'ai été accompagné et on m'a appris à dormir sans craindre d'être violé. Et puis, le cirque. C'est grâce au cirque que je suis fort aujourd'hui. Que j'existe dans une vie que j'ai choisie. C'est pour ça que je suis là : pour vous transmettre cette passion qui m'a fait renaître. Allez on va commencer… »

Aya vient de confier son bébé à Fatima, c'était un peu dur de le voir allongé parmi tous les autres petits.

Elle s'est sentie amputée quand elle a monté les marches pour rejoindre les autres qui s'étaient pressées pour aller au cours de cirque. Tout le monde était déjà installé quand elle s'est assise dans le silence qui entourait la voix du beau professeur.

Depuis qu'il a arrêté de parler, elles font toutes comme lui. Aya suit les mouvements de ses voisines, un peu perdue. Elle monte ses jambes en l'air et culbute de l'avant vers l'arrière. Elle saute dans le rond qu'on lui tend, elle s'étire, puis elle marche sur les mains, la tête en bas. Elle voit le monde à l'envers et pour une fois se sent à l'endroit. Elle rit, elle tourne, et son corps devient léger comme une bulle. Puis si lourd dès qu'elle retombe sur le sol. Elle suit très concentrée tous les exercices sous l'œil amusé de Modou qui a repéré l'agilité et la détermination de la petite nouvelle. À la fin du cours, elle part sans faire les étirements, car elle croit entendre son fils qui l'appelle.

Dévalant quatre à quatre les escaliers, elle croise Mona qui la regarde avec de grands yeux étonnés.

Aya est essoufflée quand elle prend son bébé contre elle. Il est bercé par sa poitrine qui se soulève. Elle est remplie de vie, de sang, de lait. Elle a trouvé sa place dans ce petit coin du monde. Son bébé ouvre un œil et sourit à un ange que lui seul voit. Aya aussi sent son frôlement. Elle s'allonge avec son enfant sur la natte rose et bleue, entourée de bébés qui dorment en ronflant. Elle regarde le petit crâne de son fils qui rebondit en se dirigeant vers son sein comme un oisillon affamé. Les petits coups de tête cognent son cœur, elle soulève son tee-shirt pour lui donner tout ce qu'elle a dans ce moment de bonheur.

15

Destin

Assise derrière son bureau, Mona fait le tri dans tous les papiers remplis de phrases vides et condescendantes provenant des ministères ou des associations censés la soutenir.

En soupirant, elle pose sa tête sur ses mains et écoute les bavardages qui viennent de la cuisine toute proche. Elle se redresse de peur d'être surprise, vautrée comme une étudiante. Son regard s'attarde sur les veines saillantes qui creusent la peau de ses mains, elle sait que le temps de l'insouciance est périmé. Son bureau, c'est aussi le lieu où elle déjeune, où elle reçoit, où elle explique, où elle écoute, c'est rarement celui où elle se repose. Mais, à cet instant, elle a besoin de laisser de côté cette maison qu'elle a créée à la force de ses poignets dans cette banlieue délabrée de Dakar.

Le sourire d'Aya qui a explosé quand elle sortait de l'atelier de Modou, ce sourire, elle veut l'épingler à sa veste plus que toute autre décoration. Sa vraie Légion d'honneur, c'est la joie de celles qui retrouvent la confiance grâce à elle.

« Mon Dieu, quand je pense aux moments d'épuisement et d'incertitude face à tout ce qu'il m'a fallu renier pour suivre cette voie. Et ces montagnes que nous avons déplacées, Danielle et moi, pour pouvoir continuer ce chemin rempli de croix. Merci, Danielle, toi qui es restée près de moi depuis ce jour où tu m'as trouvée dans cette gare parisienne alors que déjà je me battais contre la misère, toi qui as décidé ensuite de me suivre à Dakar. Tu n'as jamais baissé les bras, ma chère Danielle, je te dois tant. Des croix, mais surtout un choix, celui de dédier ton existence à mes côtés à essayer de sauver d'autres êtres à la dérive. En cherchant comment les aider au mieux, je me suis sauvée moi-même d'une vie facile qui n'était pas pour moi. Je me suis insinuée dans leurs malheureuses vies. J'ai partagé la couche des plus pauvres, j'ai respiré l'odeur des nuits sales, de la faim, de la peur. »

Mona repense à ces matins éparpillés où elle se demande combien de temps ça peut encore durer. Sa force, elle la sent partir, en même temps que sa jeunesse. Elle plie de découragement devant les dettes qui s'accumulent et les subventions qui arrivent toujours au dernier moment. Vivre dans l'urgence. Ce n'était pas l'avenir que ses parents espéraient pour elle, la petite dernière d'une grande fratrie, la seule née après guerre, vouée à une belle vie. À Nantes, son enfance fut calme et ordonnée. Mais était-ce pour autant le bon temps ? Elle rêvait déjà d'un destin plus grand, elle voulait franchir les lignes de sa province.

Et maintenant, elle a l'impression de pousser son association comme Sisyphe poussait son rocher toujours plus haut, en sachant qu'une fois au sommet il dégringolerait. Souvent, la difficulté morale et physique qu'elle éprouve devant la tâche épuisante qu'il faut toujours recommencer l'anéantit. Depuis ce jour de novembre où elle a décidé de quitter son mari, ses filles, son métier de pharmacienne pour partager la vie des plus démunis et les aider, c'était son destin qui se mettait en marche. Le destin qu'elle guettait derrière son masque de femme rangée. La bataille perpétuelle contre la cruauté des hommes, leur folie et leurs injustices, Mona sait d'avance qu'elle ne la gagnera pas.

« Je me demande encore aujourd'hui si la vie doit avoir un sens pour être vécue. J'ai lu tellement de livres, ils m'ont appris qu'il n'y a pas de passion sans lutte. Et c'est ça que je ne veux pas oublier, les conséquences sur les vies à venir, c'est à ça que je me cramponne. Mon visage est crispé, mes épaules épuisées, mais je dois continuer à tenir à bout de bras toute cette détresse humaine. Devant son étendue, je suis consciente que je n'arriverai jamais au bout de mes peines. Mais, comme

Sisyphe qui, dans la main fraîche d'une jeune fille, reconnaissait le seul lien qui le rattachait au monde, je sais, grâce aux sourires d'Aya et des autres, que je suis dans le vrai. »

Les livres ont tant donné à Mona, ils lui ont montré combien le silence des hommes face aux plus vulnérables est déraisonnable. Ils lui ont enseigné l'absurdité du monde. Ils l'ont conduite à se révolter.

Il n'y a pas de soleil sans ombre, et il faut connaître la nuit… À cet instant subtil où l'homme se retourne sur sa vie, Sisyphe, revenant vers son rocher, contemple cette suite d'actions sans liens qui devient son destin, créé par lui, uni sous le regard de sa mémoire et bientôt scellé par la mort. Ainsi, persuadé de l'origine tout humaine de tout ce qui est humain, aveugle qui désire voir, et qui sait que la nuit n'a pas de fin, il est toujours en marche. Le rocher roule encore. Chacun des grains de cette pierre, chaque éclat minéral de cette montagne pleine de nuit, à lui seul forme un monde. La lutte elle-même vers les sommets suffit à remplir un cœur d'homme. Il faut imaginer Sisyphe heureux. Maintenant, il s'agit de vivre.

Sans s'en rendre compte, Mona s'était levée et disait à haute voix ce passage du livre de Camus. Elle le connaissait plus que par cœur, il lui avait permis de rentrer brillamment à l'école de théâtre le jour de ses seize ans. Debout, sans voir la misère qui passe sous ses fenêtres, elle déclame ces mots qui l'ont aidée à vivre. Elle cite d'une traite, étonnée de sa mémoire, ferme les yeux et entend dans la pièce voisine les voix des femmes qui chantent et claquent des mains. On dirait des bravos. Elle se penche pour saluer le canapé vide. Elle se relève et se précipite vers son bureau pour remettre ses lunettes.

« Maintenant il s'agit de vivre. »

16

L'ombre des mots

« "Ma mère, je lui parle au téléphone, je lui envoie des cartes postales, je lui dis que j'ai un travail à Saint-Louis. Elle me croit. Elle ne sait pas que j'ai été enceintée. Je suis partie de chez moi avant d'accoucher. Ma fille a trois mois et elle sait toujours pas. Moi, je veux finir mes études, j'avais bien commencé. Je ne veux pas que maman me traite de sotte. Je lui dirai le vrai quand j'aurai mon diplôme. Elle sera fière de moi, alors peut-être qu'elle l'acceptera, sa petite-fille. Après je veux travailler dans les assurances. Je laisserai Diabou à la pouponnière si je peux."

« Mona approuve de la tête et lui demande de penser à son enfant, d'y penser avec son cœur, et de nous en reparler la prochaine fois.

Toutes les femmes de la maison sont réunies. « Vendredi, le jour du cercle de Mona, il faut arriver à l'heure, et essayer de trouver les mots qui sont au fond de nous. On peut dire n'importe quoi, mais il ne faut pas passer son tour, ni bafouiller avec des yeux de merlan frit, Mona aime pas ça. J'écoute les autres, j'essaie de trier mes pensées, de ranger mes fausses idées, celles qui tournent en rond, et dire mes souvenirs, surtout ceux que j'aurais préféré oublier.

« Mona, elle nous a bien expliqué. Si on garde en nous nos histoires, c'est pas sympa pour notre enfant, ni pour nous, parce que ça va ressortir un jour ou l'autre, n'importe comment, comme la mauvaise herbe, et on pourra plus s'en débarrasser tellement y en aura. Ce jour, faut tout faire pour qu'il arrive pas. Alors on dit ce qu'on essaie d'oublier, on va chercher les racines tout au fond. J'ai pensé toute la nuit. J'ai retrouvé des images que j'avais enterrées. Des odeurs, des bonnes et des horribles. Je saigne du cœur tout bas, mais je sais qu'il faut que ce sang sorte de moi, sinon il va sécher et faire des croûtes que j'aurai toujours envie de gratter, comme celles des genoux. Je veux recommencer à zéro pour être une maman claire et neuve comme les cailloux que je ramassais dans la rivière. Ils étaient si lisses.

« "Bonjour, Aya, à ton tour de nous parler si tu veux bien. Confie-toi peut-être un peu plus aujourd'hui. Tu sais, on t'écoutera."

« Je suis pas prête. Je recule pour mieux sauter en laissant passer du temps, je vais y arriver. Ou pas. Mon cœur bat fort et ma tête chauffe comme une casserole sur le feu avec l'eau qui fait des bulles. Et ces bulles, elles sortent de ma bouche sans demander mon avis. Je plonge mes yeux dans ceux de Mona et je dis tout haut ce que je n'ai jamais osé penser tout bas. Les mots vont plus vite que moi pour dire ces choses que je ne savais plus. Je dis les mains, celle de maman tenant la mienne, celles de mon père qui saisissent un poisson frétillant, celles d'Ousmane qui m'emmènent courir et celles de mon oncle qui montent qui montent, celles de mon oncle, mes cris, je les entends, et mes pieds qui tapent pour fuir, et je dis aussi que je ne pouvais pas partir, j'étais engloutie, j'étais démolie. Il était une fois, c'est l'histoire que lisait papa, il était tant et tant de fois, d'ailleurs je ne sais pas. Je peux pas compter, c'était trop laid, je veux mettre un zéro.

« "Tu sais, Mona, j'avais honte parce que c'était moi, seulement moi, donc c'était ma faute. J'étais punie. C'est lui qui l'a dit. J'avais trop mal. Je pouvais pas en parler. Et là, ça sort devant tes yeux, Mona, je te crache ce qui est au fond de moi, j'en veux pas de ces souvenirs, pourquoi tu veux que je te dise, c'est pas bien, hein ?"

« Mona pose sa main sur mon épaule, et me dit qu'on a toutes en nous des flots de larmes qu'il faut sortir pour bien laver l'intérieur. Et que je suis pas du tout coupable. Les filles ont baissé la tête, l'une d'elles, je sais plus son nom, a dit : "C'était comme ça, pareil pour moi. J'ai cru revivre mon histoire en écoutant ta voix. Merci, je croyais être seule, je ne le suis plus grâce à toi."

« Ce merci, ces mots, ce regard de Mona, ce toit au-dessus, le linge qui sèche et les oiseaux là-bas, ça entre en moi, et ça me fait du bien, c'est vrai.

« Un silence trop long. Puis les enfants qui crient. Dehors les voitures démarrent, la vie continue comme si de rien n'était.

Maintenant Mona se tourne vers Amy. Depuis son arrivée, il y a deux semaines, elle rase les murs en baissant la tête. On dirait qu'elle essaie de cacher son ventre énorme avec ses mains de petite fille. Un voile noir encadre son visage, son menton tremble, on dirait qu'elle est muette, et soudain sa voix rauque remplit l'espace :

« "J'étais heureuse dans mon village près de Kaolack. Mes parents me gâtaient, j'étais bien habillée, j'allais à l'école. Mais je crois que j'ai grandi trop vite. À douze ans, j'avais l'air d'une femme. Ma poitrine a poussé beaucoup trop, et moi, je jouais toujours à la poupée. Le jour où mon père nous a parlé, il y avait maman et mes deux petites sœurs. Mon oncle et ma tante étaient là aussi, près de ma grand-mère qui ne comprenait plus rien de toute façon. Et j'étais en train de faire une tresse à ma sœur quand j'ai entendu qu'ils voulaient me marier. Avec un monsieur très bien, qui avait de l'argent et des terres et qui aiderait la famille. J'ai lâché la natte et je me suis réfugiée dans les bras de Mam. Après j'ai oublié, je me revois seulement le jour du mariage, j'avais vomi sur ma belle robe et maman me faisait les gros yeux. Ce mari, j'en voulais pas, il était vieux et sa peau était toute plissée. Il m'a fait mal, les nuits et les jours aussi. Je me lavais tout le temps, je me dégoûtais. J'appelais maman et elle ne venait jamais. Je mangeais plus, je sais pas vous dire ce que je ressentais, j'étais plus rien, je faisais rien, je parlais même plus. Une nuit, j'ai eu un courage. Je suis partie, j'ai pris ma robe et ma poupée et j'ai fui de chez lui. J'ai couru tout droit sans savoir où j'allais. Je pensais que j'arriverais quelque part. Peut-être. Je préférais mourir dehors dans une rizière ou dans un champ que dans ces draps où je pourrissais. J'avais pas peur, je respirais enfin. Mes pieds enflaient et ma peau brûlait, mais pas grave. Je me suis allongée près d'un arbre et j'ai entendu du bruit pas loin. Des branches craquaient, c'était peut-être un lion. J'avais presque envie qu'il me dévore. Tout plutôt que le vieux. J'ai continué la route, je buvais aux rivières et un jour je suis tombée, il paraît… Je me suis réveillée à l'hôpital avec une infirmière qui me tenait la main. C'est comme ça qu'on m'a envoyée ici, je crois. Et vous savez quoi ? Dans mon ventre il y a ce bébé. J'en voulais pas du tout. J'avais peur que le vieux revienne. Aujourd'hui, j'ai compris que c'est mon bébé, il fait partie de moi, rien qu'à moi. Je vais…"

« On n'entend plus ses mots, qui sont avalés par ses pleurs. Je ne me sens plus seule. Elle est là, comme moi. Les autres aussi, on est si pareilles, des sœurs de souffrance, des pires encore, des cassées, abîmées, mais on a toutes tellement envie de s'en sortir.

« Je regarde les yeux bleus de Mona et je sais qu'elle partage nos chagrins, qu'elle les ressent, qu'elle prend nos blessures pour les cicatriser en les comprenant. Elle écoute au-delà des mots, l'ombre des mots. Et nous guérit. Je le sens si fort. Elle nous accompagne, nous sommes réunies, enfin entourées et comprises. »

17

Frère et sœur

Un seul œil s'ouvre, l'autre est clos par des croûtes opiniâtres. Djibril se relève sur les coudes, il fait nuit, le rat qui rôde l'a encore réveillé. Il ne sait plus dormir, il ne sait plus ne pas dormir. Il frissonne et se replie sur le matelas posé sur le macadam. Il est minuit.

Sur l'horloge accrochée au mur, il est 00.00. Elle est réveillée par son bébé qui pleure.

Est-ce encore son frère, ce garçon maigre qui ne sait plus sourire ? Il a tout perdu, jusqu'à ses rêves. Il n'est ni vivant ni mort, juste à une frontière incertaine, loin de tout. Il essaie d'attraper à tâtons sa lampe de poche qui n'éclaire plus mais le rassure.

Aya glisse hors de son lit pour essayer d'endormir son fils dans le couloir. Elle ne veut pas qu'il réveille ses voisines. Elles ont vraiment le sommeil lourd, et continuent à ronfler leurs rêves tout haut quand Aya sort sur la pointe des pieds avec Léo dans les bras.

Djibril se lève, il a mal partout, mais il doit aller pisser ailleurs que dans son lit glacial. En enjambant les autres vautrés autour de lui, il va jusqu'au trottoir, regarde le ciel et engueule les étoiles.

Aya berce son fils et voit dans ses yeux briller les mêmes étoiles.

Son frère s'effondre avant d'avoir ouvert sa braguette. Plus bas que terre, il n'a plus la force de se relever. Il attend le lever du jour, quelqu'un viendra bien l'aider. Il voit son ombre projetée sur la route, il existe encore.

Son bébé s'est endormi. Aya entre dans ses draps et sent la couche mouillée de Léo. Elle est trop fatiguée, elle le changera demain.

Le frère et la sœur se rendorment en même temps.

Djibril est réveillé par le monsieur à la barbe grise qui lui parle avec douceur en lui tendant un gobelet de café brûlant. Les seuls moments où il sourit vaguement, c'est quand lui, ou celui d'hier, tellement grand, ou encore la fille aux cheveux rouges avec un long manteau, quand ces gens viennent le voir, et qu'ils lui donnent à manger, l'emmènent au bain public, ou perdent un peu de leur temps pour parler avec lui. Il essaie toujours de leur dire merci. Le monsieur gris l'aide à se mettre debout, c'est dur. Puis il l'accompagne pour prendre place dans la queue pour la douche.

Aya enlève les langes trempés qu'elle ira laver plus tard. Elle regarde le corps rond et doux de son bébé, elle le couvre de baisers. Comme chaque matin, ils vont se doucher. Elle adore quand ils sont enveloppés par cette eau tiède qui coule sur eux. Elle glisse le savon dans les plis de sa peau et il remue en gazouillant. Elle aimerait que ça dure longtemps, elle sent fondre sa fatigue. Mais déjà, Aïda tambourine, c'est son tour, alors Aya attrape la serviette, s'entoure avec et sort en s'excusant, son bébé contre elle.

La douche cinglante et mal réglée s'acharne sur Djibril, il nettoie son corps qu'il ne reconnaît pas.

C'est samedi, le même jour pour eux deux.

Il est propre, on lui a passé de nouveaux vêtements un peu trop grands, il préfère ne pas se voir quand il passe devant la glace. Les autres, ses frères de couleur, il les croise sans s'arrêter. Avant, ça ne lui serait pas venu à l'idée. Dans son pays, on salue tout le monde, surtout les étrangers, surtout ceux qu'on n'a jamais vus.

On dit bonjour, comment ça va ? Et ta famille ? Et ta femme et d'où tu viens, et tu as besoin de quoi ? On apprend toujours de l'autre. S'il se trouve sur notre chemin, c'est pour le rencontrer. Pour le reconnaître. Depuis qu'il est dans ce pays dont il a tant rêvé, il est devenu transparent, on ne le regarde plus, ou de travers. Ses frères d'Afrique ont laissé leurs yeux chez eux, avec leurs souvenirs. Ils sont si tristes, sauf après une bière. Ils ne te calculent pas, à moins qu'on leur ait piqué quelque chose. Les seuls pour qui tu es encore quelqu'un, ce sont eux, le gris, le grand et la belle... D'ailleurs, il est toujours là, fidèle au poste, le vieux barbu, il attend devant la sortie des douches.

Pour eux, tu représentes une race à part : les migrants. Je suis devenu « les migrants », ils en parlent tant et tant. Jamais au singulier, ça nous donnerait trop de place, et ils en ont plus, des places, même avec la meilleure volonté. Et les migrants, c'est devenu un sujet dérangeant pour la société, il paraît. Alors, avec leurs barbes, leurs cheveux propres et leurs gentilles manières, ils ont créé des « assosses » pour nous aider, nous les migrants dont on ne sait pas quoi faire. Ils sont guidés par des idées hautes, et descendent très bas avec ces rejetés. Ces Afros, ils sont si sales, si noirs, si rien. Des boules de suie.

On lui dit toujours que ça ira mieux demain, mais demain, c'est déjà là et il ne peut toujours rien faire d'autre qu'attendre. Attendre rien. Il se rendort sur son matelas, avec sa lampe électrique cassée dans la main. Juste avant, il a promis à l'homme usé et gris qui partait : « Oui, aujourd'hui, c'est sûr. J'irai là-bas. »

Anaïs doit venir à quatorze heures trente pour leur rendre visite comme chaque samedi. Elle n'a toujours pas décidé quand elle rejoindrait son amoureux au Mali. Depuis le baptême, elle prend son rôle de marraine très au sérieux et apporte toujours un joli cadeau. Un sweat-shirt trop cool, ou un hochet girafe. Aya l'attend, assise au milieu des autres mamans. Elles parlent, de la pluie jamais, juste du beau temps.

À la même heure, Djibril quitte le campement, les tentes et les matelas déchirés pour prendre le métro avec son plan à la main. Il a tenu parole. Il marche en traînant sous une pluie fine.

18

Le cours

« “En route, mauvaise troupe”, et nous voilà à la queue leu leu pour monter sur la terrasse.

« Aujourd’hui, c’est Mamadou qui va nous donner le cours, car Modou est parti en voyage. Mamadou, il parle très drôle, avec des expressions qui donnent envie de faire pipi tellement on rit. Il regarde le gros ventre de Binetou et lui dit d’arrêter de faire sa sainte-nitouche, c’est pas parce qu’elle a un polichinelle dans le tiroir qu’elle doit rabattre son caquet comme une autruche. Je ne comprends pas tout, mais on rigole bien. On attend que le cours démarre, les pieds nus sur les matelas bleus qu’il a déposés sur la terrasse en répétant : “Bon sang de bonjour ! Toutes ces sornettes, c’est kif kif bourricot !” On dirait qu’il est énervé, mais on voit bien que c’est pour de faux. Il tape des mains, le cours va commencer.

« Mesdemoiselles de la Maison Rose, ne vous cassez pas la nénette, ce que vous allez faire, c’est riquiqui rapport à tout ce que vous ferez plus tard. Si vous n’y arrivez pas, c’est pas votre faute, c’est la faute à pas de chance. N'essayez pas d'aller trop loin. Respectez votre corps. Allez, on commence et vous mettez pas la rate au court-bouillon, moi j'aime pas ça. »

« On est pliées en deux de rire, mais on essaie de suivre ce qu'il nous demande de faire. On doit d'abord avancer à pas chassés jusqu'au gros ballon, on monte dessus et on saute deux fois puis on redescend, chacune à notre tour. Je sens que c'est pas seulement pour rire. C'est mieux que ça. Alors je m'applique, je saute de plus en plus haut, plus vite aussi et j'entends Mamadou nous dire : "Léger, léger, vous avez des ailes, pensez à ces ailes qui vous soutiennent. Allez à tout berzingue, mais léger."

« Je rebondis sur le ballon, et je m'envole, je deviens une plume. "Minute, papillons, maintenant restez debout sans bouger."

« On est transformées en statues, je ne respire plus et je ferme les yeux. Je sens la terre qui tourne, tourne. Juste après on se repose, et il nous distribue des bouts de bois avec une houppette à chaque bout. Mamadou nous apprend à faire danser les bâtons du diable, c'est leur drôle de nom, ça nous fait grimacer d'avoir ça entre les mains. "Concentration maximum !" Il faut les lancer de l'avant vers l'arrière et de haut en bas comme un diablotin. C'est très difficile. On entend les mouches voler. On n'y arrive pas, alors Mamadou dit : "C'est pas grave." Et il va chercher les boules de mousse dans la boîte en carton.

« Il nous montre comment on doit jongler. Je fais tout comme lui. Au début c'est dur, je passe mon temps à ramasser les boules, puis un rythme s'installe. Je les lance et les rattrape en tirant la langue tellement je suis concentrée. On dirait que l'air fait tourner les boules plus lentement, elles trouvent leur place dans l'espace. C'est magique. Je suis sûre qu'on m'aide. »

Les autres filles ont déjà abandonné, elles n'y arrivent pas. Toutes observent Aya qui, sans faillir, continue de jongler. Elle sent leurs regards sur elle et stoppe d'un coup, gênée du silence qui l'entoure. Mamadou s'approche et applaudit. Il a l'air baba. Elle ne sait pas comment elle a fait, mais une bouffée de chaleur lui remonte jusqu'aux oreilles.

Quand vient son tour de marcher sur le fil que Mamadou a tendu au milieu de la pièce, elle hésite. Puis, allez, elle se lance. Sous l'œil médusé du professeur, elle avance pas à pas, en équilibre instable, et finit sa traversée sans trébucher. Pourtant, c'est la première fois. Ses amies sont étonnées, elles qui tombent du fil après un pas ou deux. Aya est grisée, elle veut recommencer encore et encore. C'est à contrecœur qu'elle entend la cloche sonner, il faut s'allonger pour la fin du cours. Les filles s'étirent toutes comme des chats sur les matelas moelleux et respirent en fermant les yeux.

Aya prend conscience de son souffle et de son pouls qui bat.

« Merci, mesdemoiselles. Bon sang de bonsoir ! Vous êtes trop douées ! C'est quoi ce cirque ? Salut, je prends mon pied la route !

– Il est trop, j'ai le béguin ! » dit Lumir à Aya en regardant Mamadou ranger les matelas.

19

Métro Saint-Paul

Djibril hésite. Il tient dans la main le papier où tout est bien expliqué et arrive à la station Stalingrad. Il n'est jamais descendu sous terre. Des costumes foncés entrent et sortent de ce trou béant. Le grand l'avait prévenu qu'il y avait dans ces trains un tas de gens pressés d'aller à leur travail. Il lui a donné des tickets, il faudra les enfoncer dans la fente d'une machine.

En bas des marches, Djibril est surpris par l'odeur. Il traverse les couloirs sans fin et sans jour. Cela lui rappelle les taupes dans son livre d'école, avec les dessins de leurs souterrains. Ça l'avait marqué, elles vivent sous la terre où on marche. Toutes ces voitures et ces maisons au-dessus d'eux, et les gens qu'il croise n'ont pas l'air inquiet. Ils sont habitués. Il ne se doutait pas que c'était ça Paris la France quand il en rêvait. Si ses amis savaient. Et ces humains qu'il croise, sans sourires, sans regards. Est-ce qu'ils savent vraiment où ils vont ?

Djibril est bousculé, il sent qu'il dérange. Le bruit du métro qui arrive, il court se faufiler dans une rame quand les portes s'ouvrent. Les gens sont agglutinés, le nez dans leurs téléphones, visages fermés. Il voudrait leur parler et demander à leurs mines tristes : « Mais vous autres, dis donc, vous savez où vous allez, ou juste vous êtes enfermés et vous pouvez pas vous échapper ? » Mais il ferme la bouche et le nez pour ne pas sentir l'odeur fanée. Il voudrait savoir ce qu'ils deviennent, une fois sortis de sous terre. Est-ce qu'ils sont heureux de voir le jour, les arbres, les oiseaux ? Est-ce qu'ils quittent leurs moues fermées pour lever la tête vers le ciel ? C'est ce qu'il faisait dans son île, dans une autre vie, il a l'impression que ça n'a pas existé tant ça semble loin.

Soudain, il a peur de s'être trompé de direction. Il ose demander à la fille à côté, bonjour, comment ça va ? Il veut savoir où c'est, la station Saint-Paul. C'est là qu'il doit descendre pour aller à la mairie du IVe. Le service pour les migrants.

Elle croit qu'il la drague. Elle tourne les talons et file sans répondre à l'autre bout du wagon. À l'arrêt suivant, il est pris dans la cohue qui le pousse sur le quai. Il est propulsé au milieu de la foule indifférente. L'odeur persistante l'écœure. Ça sent la mort, il est pris au piège. Il accélère le pas et se précipite vers la sortie. Il monte les marches quatre à quatre, une main lui tend un journal qu'il attrape au vol. Il se retrouve assis, soulagé d'avoir échappé à cet enfer. Sur un banc où les pigeons s'en sont donné à cœur joie, il savoure l'air libre. Il n'a pas pris la bonne sortie, mais ce n'est pas si grave. Il trouvera plus tard. Une jeune fille en jean passe devant lui, le téléphone collé à l'oreille. Il est ému par son rire et sa voix fraîche. Il croit entendre sa sœur lui raconter ses sornettes. Quand la fille s'éloigne, il note ses jolies fesses. Il sort un peu du tunnel où il est plongé depuis si longtemps.

Il ouvre le journal gratuit qu'on lui a donné, le feuillette, on y annonce tout ce qui se passe à Paris. Soudain son regard s'arrête en bas d'une page et c'est comme un coup de couteau qu'il reçoit en plein cœur. Il se frotte ses yeux et réussit enfin à les ouvrir. Il se rapproche de l'image pour être sûr. Il a reconnu la place du village de Karabane. Il ne comprend pas ce qui est écrit sous la photo. Il se lève d'un bond et demande au premier qui passe : « C'est quoi ce qui est écrit juste là ? »

Le garçon à lunettes se penche pour bien lire : « Exposition de photos de Camille Vagogne, à la galerie de l'Europe, *Cérémonies d'Afrique*. Du 20 au 28 novembre… Vous voulez l'adresse aussi ? »

Djibril reprend son journal. Ses jambes flageolent, le banc le rattrape de justesse. Enfin des nouvelles de chez lui… Il faut qu'il aille à cette expo. Il se relève pour remercier le jeune homme, mais celui-ci est déjà loin. Il vient de rentrer sous terre pour son trajet quotidien. Djibril le plaint et va son chemin.

Après avoir demandé la route à des passants honnêtes, il arrive enfin à la mairie. À sa grande surprise, on l'a bien guidé. On le fouille, et on le dirige vers une salle bondée. Une voix boursouflée lui dit qu'il est le numéro 3257.

On lui tend un ticket. « Il n'y a pas trop de monde aujourd'hui. Quatre ou cinq heures à tout casser. »

Une dame avec un chignon noir et un grain de beauté près du nez l'a enfin écouté. Face à elle, coincé sur un tabouret, il a répondu, il a parlé. Avec le peu de voix qu'il lui reste, il a raconté le voyage, l'arrivée, la déception. Sa vie avant et sa non-vie de maintenant. Il lui demande à quoi ça sert d'exister. Est-ce qu'ici ce qu'ils veulent, c'est que les gens comme lui soient engloutis sous la terre, écrasés par un métro ? Ils attendent quoi ? Que le trottoir où ils sont entassés s'ouvre pour les laisser tomber dessous, et qu'il se referme pour laisser marcher ceux qui savent où aller ? Il va devenir quoi, elle le sait ?

Elle a répondu en levant les sourcils, mais pas la voix, qu'il fallait être patient. Il devra revenir dans trois mois avec son numéro et elle en saura plus… Peut-être… Mais aussi, il n'est pas prioritaire, loin de là. D'abord les enfants et aussi ceux qui fuient un pays en guerre. Pourquoi il est parti, c'est joli le Sénégal. Elle y est allée avec son compagnon dans un club à… elle ne se souvient plus du nom. Il voudrait lui dire qu'il est parti pour sa sœur, pour sa mère, pour l'honneur. Mais il se rend compte que ça ne vaut pas la peine. Tout ça pour en être là. Il sort de sa poche la page du journal et la pose sous les yeux de la dame étonnée.

« Vous pouvez me dire c'est à quelle adresse ? Vous savez, c'est mon île dans cette exposition, parce qu'elle est tellement jolie. »

20

L'exposition

Son pas est rapide, comme s'il avait pris le rythme de la ville. Il est pressé lui aussi. L'exposition commence ce soir. Il ne veut plus retourner à Stalingrad. Sa marche est saccadée, comme la toux qui secoue son corps. Avant de quitter la mairie du IVe, il est passé par les toilettes. Il s'est aspergé le visage à l'eau froide, et a osé se regarder. Ses yeux brillaient trop sous la lumière blafarde. Avec sa peau plus claire, presque grise et ses joues amincies, il a cru voir son père dans le miroir. Il était temps de partir pour son rendez-vous avec la galerie. Il voulait arriver à l'heure, et il a bravé le métro.

Après avoir recensé une mèche égarée hors de son chignon, la préposée à l'accueil des migrants, tout en continuant de réajuster sa coiffure, lui avait écrit l'adresse en grand et lui avait tendu le papier d'un air accablé. C'était sans doute à cause de son chignon qui dégringolait.

Il arrive à la station Odéon. « Après, c'est tout droit, tu devrais trouver facilement. »

En effet, il a réussi du premier coup, il est rue de Seine sans avoir eu besoin d'aide. Un groupe de femmes joyeuses et bien maquillées traverse la rue. Il les salue poliment. La plus jeune se retourne et lui décroche un sourire de vingt ans, Djibril voudrait l'attraper au vol. Il lève les épaules pour s'empêcher de tousser. Il a dépassé la galerie en essayant de retenir ce sourire.

Djibril fait demi-tour, le numéro 23 c'est sûrement l'endroit où il y a tous ces gens. Il entre en oubliant sa timidité, il pense aux fossettes de la jolie passante. À l'intérieur, c'est tout blanc et trop éclairé. Il a l'habitude de l'obscurité, c'est mieux pour se cacher.

Des photos presque aussi grandes que lui sont accrochées sur les murs. Il les regarde l'une après l'autre et ne reconnaît pas son île. Des hommes aux corps peints marchent avec des troupeaux de vaches aux cornes gigantesques. Sur une autre, des femmes à moitié nues, recouvertes d'une boue ocre, ont l'air de le regarder en se moquant de lui. Des visages ridés, des hommes armés, il aime ces images, mais ce n'est pas l'Afrique qu'il connaît. Il pénètre dans la salle voisine, et soudain il se retrouve dans son village. Il se rapproche et devine derrière les fronts ensablés les amis qu'il a quittés.

Cinq photos alignées sous ses yeux. C'est la cérémonie d'initiation à Karabane. Il reconnaît les visages de ceux qui se préparent à entrer dans le bois sacré. Ils sont devenus des hommes aujourd'hui, ce qu'il ne sera jamais. Il frissonne, il se sait dans l'impasse, l'étau se resserre. Il est parti trop vite, il est trop tard. Il ne peut plus changer l'ordre des choses et prendre la route en sens inverse.

Il avance sa main pour effleurer la nuque de l'ami qu'il a reconnu sur la dernière photo, une voix l'interpelle et lui dit de ne pas toucher les œuvres. Il dit pardon, bafouille et recule. Il voudrait pouvoir prendre son élan et entrer tout entier dans la photo. Enfin il se retrouverait. Il se sent perdu, une quinte de toux le plie en deux. Il se rend compte que ses voisins s'éloignent, l'air dégoûté. Il repère une chaise et va vite s'asseoir pour ne pas s'écrouler. Sa tête tourne, il a chaud et grelotte à la fois.

Djibril n'a rien mangé depuis ce matin. Il voit flou et, dans le brouillard, une fée blonde s'approche. Elle lui demande si tout va bien, s'il veut boire un verre d'eau ou de vin. Il répond en wolof, elle sourit et continue : « Vous venez d'où ? Vous vous appelez comment ? Je suis Camille, une des photographes de l'expo. Je suis allée au Sénégal, et j'aime tellement ce pays. »

On dirait qu'elle sait. Il n'a pas besoin de parler. Il veut répondre, mais les mots restent bloqués dans sa gorge. Il aurait tellement voulu être lui aussi dans les photos. Elle lui redemande son nom et il arrive enfin à répondre. Elle le regarde si bien.

« Djibril…

– Djibril comment ?

– Djibril. Je viens de Karabane.

– Oh ! C'est fou ! De Karabane, mais c'est là que j'étais. Je vais y retourner… Et tu es ici depuis longtemps ? Tu habites où maintenant ?

– À Stalingrad. Dans le coin des migrants. Dans la rue.

– Je voudrais vraiment… »

La voix qui avait demandé à Djibril de s'éloigner des photos appelle Camille et lui dit qu'un monsieur qui a l'air important est intéressé par son travail, il faut qu'elle aille le voir immédiatement. Djibril se retrouve seul, c'est l'heure de partir.

Il se fraie un chemin parmi les jeunes qui fument en parlant trop fort, amassés devant la sortie. Il se dirige de l'autre côté. Il passe devant un square à la lumière douce. Il ramasse ses forces pour sauter la grille et s'affale sur la pierre froide d'un banc. Il est usé jusqu'à la moelle, ses poumons brûlent et sa tête explose. Il est torturé par ce qu'il vient de voir. Ces photos l'ont replongé dans son cauchemar. Il ne retournera plus à Stalingrad. Il mâche ces mots, les répète et les conjugue dans tous les sens. Il n'y retournera jamais, jamais plus il n'y retournera, plus jamais, ni là ni ailleurs.

Des souvenirs glissent sous ses paupières. Il est hier, il est garçon propre, il joue aux billes. Il entend les cris d'Aya, comme une craie qui grince sur un tableau noir. Aya démolie. Il n'a rien fait. Il est en trop. Toujours, de plus en plus et partout.

Il croyait vraiment qu'en partant, il sauverait sa

famille. Il s'est juste sauvé de sa vie. Il a pris le mauvais bateau, il a fait le mauvais choix. Il était trop jeune pour décider, il est trop vieux pour tout gommer. Rien ne peut le secourir.

Djibril lève les yeux sur la sculpture d'une petite fille déhanchée qui lui tourne le dos. Il repart dans le noir. Il longe la rue, courbé comme un vieillard portant le poids de sa souffrance. Étranglé par ses crachats, il avance comme un condamné. Plus rien ne s'oppose à la nuit. Il marche sous une arcade et traverse une grande rue, il arrive sur les quais, une voiture manque l'écraser. Il n'a plus aucune importance et se sent englouti par le vide. La lune blafarde se regarde dans la Seine. Il remarque pour la première fois la beauté de Paris. Mais c'est trop tard pour espérer. Il est sur l'île de la Cité, des amoureux s'embrassent. Un couple et leur enfant dorment par terre et les gens passent sans les voir. Il s'arrête devant la statue avec un grand cheval et un homme assis dessus. Il devine que le fier cavalier a dû sauver son pays, la France. Il sent son corps rétrécir et tout s'embrouille.

Il se penche vers le fleuve glacial qui brille de mille lumières. Il voit, tout au fond, le sourire de la fille qu'il a croisée. Elle l'attend, il va la retrouver. Il n'a plus le choix. Il enjambe le mur et se jette pour rejoindre l'unique consolation. Personne ne s'est arrêté, il n'a pas crié.

La fille à la bouche rouge baiser marche doucement. Elle vient de quitter ses amies. En s'approchant du quai, elle croit voir un jeune homme enjamber le parapet. Elle se précipite vers lui, et quand elle arrive, une péniche passe sous le pont. Elle a dû rêver. Elle resserre son écharpe autour du cou et accélère pour ne pas rater le dernier métro.

21

Le docteur

Léo se réveille en hurlant. Aya croit qu'il s'étouffe, il reste bouche ouverte sans reprendre son souffle. Immobile, les yeux fixes, durant de longues secondes. Aya le secoue, il se remet à hurler. Il a l'air terrifié et n'arrive à s'exprimer qu'en redoublant de pleurs, avec des larmes énormes qui trempent le corsage de sa maman. Une angoisse sourde envahit Aya. Elle le berce en le tenant par le ventre, comme on lui a montré. On lui a aussi appris à le masser. Elle le caresse, elle le serre, elle lui parle, il continue de sangloter. Elle l'installe sur son dos, bien calé par le tissu en wax délavé, et sort de la maison pour le changer d'air.

La nuit est fraîche, elle regarde les gens qui passent, qui se croisent, et les enfants qui jouent au ballon à la lueur de la pleine lune. Elle sent Léo soudain très lourd, elle a peur, elle le prend dans ses bras et voit qu'il s'est juste endormi. Elle retourne dans son lit avec le petit paquet contre elle. Elle l'embrasse et sent sous sa bouche son front brûlant. Elle se rassure en fredonnant l'air qu'elle lui chante tous les soirs.

« Une intoxication. Il faut lui donner de l'eau de riz et du jus de carotte. Et ne le couvrez surtout pas, pour que sa température baisse. »

Ça tombe bien, c'est le jour où le médecin fait la tournée des nouveau-nés. Aya est arrivée droit sur lui avec ses yeux cernés et lui a tendu son gros bébé qui vient d'avoir cinq mois. L'angoisse sur les lèvres pour décrire les pleurs de son fils à elle. Elle craint qu'on veuille lui prendre. Qu'on décide qu'elle ne s'en occupe pas assez bien, qu'elle est la cause de ses souffrances. On lui a parlé de tous ces parents sans enfants qui viennent chercher les bébés dont on ne prend pas bien soin. Et s'il savait ce docteur, qu'avant de l'avoir dans les bras, elle n'en voulait pas. C'est lui qui l'a choisie, lui son fils qui a décidé où il devait aller. Elle ne désirait pas ce bébé, alors que c'est la plus belle chose qui l'attendait. Être maman, c'est ne plus douter, c'est aimer infiniment.

Elle s'imagine dans son arbre avec Ousmane. Et son fils entre eux. Elle prie avec cette image dans la tête tous les soirs. Elle sait pourtant qu'il vient d'ailleurs, Léo, Mona lui a dit ce qu'elle ne voulait pas entendre. Maintenant elle admet, c'est Boubacar. Elle a pardonné. Vite, sans trop s'attarder. Pour moins souffrir. Elle regarde Léo qui gigote sur la table, il sourit au médecin qui continue de l'ausculter. S'il vous plaît, Monsieur, rendez-le-moi, je vous jure que je l'aime plus que tout et que je sais m'en occuper. Elle veut fuir avec Léo, elle imagine tout ce qui peut arriver.

Rien du tout ! Le docteur lui a rendu l'enfant tout nu, en la rassurant, c'est fréquent les intoxications, et il l'a félicitée pour ce magnifique garçon, déjà si grand et très éveillé. Elle est une super-maman. Elle repart avec son fils sur sa hanche, auréolée de ces paroles, pressée de suivre les recommandations. Léo rejette avec sa langue la tétine du biberon rempli d'eau de riz. Avec patience, elle réussit à le faire boire. Elle aime le soigner, il a besoin d'elle pour grandir. Elle est utile, indispensable, personne ne sait mieux qu'elle l'entourer. Ça semble impossible qu'il soit sur terre depuis si peu. Il l'a envahie tout entière. Heureusement qu'il l'a choisie, elle est si bien ici, avec lui.

Chaque jour qui passe, Aya s'épanouit. La Maison Rose, c'est sa maison. Elle a des amies, et des journées roses et gaies. Ici, ça porte bien son nom. Le matin, quand tout le monde se retrouve pour le petit déjeuner, c'est drôle, ça crie, ça rit et ça se jette comme des pies sur le pain frais. Celles avec leurs bébés tout petits ou avec leurs enfants plus grands, ou leurs gros ventres, et aussi les petites filles qui courent dans tous les sens. Après, elles font la lessive, elles montent et descendent l'escalier qui trône au centre de la maison. On chante, on court, on s'interpelle, on cuisine, on parle, et la vie est jolie. Il y a les jours de baptême, les fêtes, les sorties, les visites, les cours du matin. Le mardi surtout, son cœur rempli d'émotion, Aya est toujours la première pour la classe de cirque.

Sans crainte, elle laisse son fils à Thérèse et dévale les marches vite, vite. Chaque semaine, elle mesure les progrès qu'elle fait. Quand Modou est revenu donner le cours, il a été sidéré. Elle enchaîne les roues jusqu'à ce que sa tête tourne plus que le ventilateur, elle s'accroche au trapèze en virevoltant, elle saute plus haut que les murs de la terrasse et retombe toujours sur ses pieds. Elle jongle les yeux fermés et marche sur les mains en laissant ses nattes balayer le plancher. Elle retrouve son corps et sa fierté quand elle relève la tête et qu'elle sent sur elle les regards pleins d'admiration. Elle est faite pour le cirque. Pour voler dans les airs et plonger la tête la première. Tout ça, c'est écrit quelque part.

Elle se penche vers Léo qui est calme et tout frais. Elle lui raconte Ousmane et le nid qui les attend là-bas, lui parle de leurs promenades, de leurs rires et de leur amour jusqu'au ciel. Il écoute en fronçant les sourcils. La voix de sa jeune maman résonne au plus profond de lui. Il ferme les yeux sur ce monde nouveau et se met à ronfler avec sérieux. Il retrouve la mémoire de tout ce que nous ne savons plus.

22

Noël

Quand Camille était revenue voir le jeune homme, il s'était volatilisé. Elle avait le pressentiment qu'elle devait l'aider. Il avait regardé ses photos comme s'il voulait plonger dedans. Elle regrettait de l'avoir laissé. Pour cet acheteur bidon. Elle aurait tant voulu lui parler, peut-être même connaissait-il Aya M'Baye.

Peu après son retour de Karabane, elle avait essayé de prendre des nouvelles d'Aya. Elle avait téléphoné au dispensaire, à la poste, à l'hôtel. Personne ne savait rien, les réponses étaient évasives. Ils bafouillaient, réalisant qu'ils ne s'en étaient pas préoccupés avant. Ça faisait un bon moment qu'on ne la voyait plus onduler sur les marchés, conduire le troupeau de chèvres ou jouer sur la plage avec Ousmane. Peut-être bien, peut-être pas. La vie à Karabane continuait. Aya devait être là où ils n'étaient pas.

Camille est revenue chaque jour à sa galerie, et restait jusqu'à la fermeture. Elle espérait que Djibril repasserait. Elle ne l'a pas revu. L'expo a été un succès, il y a même eu plusieurs articles dans les journaux.

Deux semaines avant Noël, elle a rencontré Jean-Baptiste à un concert dans une église. Elle avait des papillons dans le ventre dès qu'elle le regardait. Ils se sont plu. Il a voulu l'emmener voir la mer. Celle qu'il aime, qui monte et qui descend, grise et froide. À Saint-Aubin, en Normandie, où il avait laissé son enfance, elle l'a suivi.

Elle s'ennuyait un peu en l'écoutant raconter ses châteaux de sable et les maillots de bain tricotés par sa grand-mère. Mais elle n'y pensait plus quand ils se sont retrouvés à l'hôtel dans les draps fleuris de la chambre numéro 3. Elle voulait si fort ses mains qui jouaient sur sa peau. Il caressait son ventre, elle a soulevé son corps vers lui. Elle lui offrait tout, émue par ses caresses. Serrée contre lui, elle se sentait fondre. Il s'est écarté d'elle pour mieux la regarder, elle l'a supplié de venir en elle. Quand il l'a pénétrée, elle l'a fixé sans ciller, puis elle a fermé les yeux pour ne plus voir que son plaisir.

Ils se sont réveillés en faisant l'amour. Elle a ouvert les volets, la mer était si claire, face à ses yeux cernés. Ils ont passé trois jours enfermés au Clos Normand. « L'hôtel porte bien son nom », lui a-t-elle fait remarquer. Camille tanguait quand ils ont marché sur la digue. Puis elle a dû retourner à Paris pour le dîner de Noël en famille.

Elle n'aimait pas les arbres enguirlandés, les vitrines en fête, encore moins la dinde et les cadeaux obligatoires. Elle a quitté son amoureux, déjà lassée. Elle savait qu'elle avait pris le meilleur de ce qu'il pouvait lui donner. Dans le train du retour, elle s'était souvenue que sa maman lui disait : « Tu as tout pour être heureuse, tu n'as pas le droit d'être triste. Pense à ceux qui n'ont rien. »

Justement, c'est pour ça qu'elle était mal. Elle repensait aux femmes et aux enfants qu'elle avait rencontrés dans ses voyages. Prise par le rythme parisien, elle les avait presque oubliés. Dans la chambre noire, quand elle faisait un agrandissement, leurs sourires apparaissaient au fond du bac, et elle les retrouvait enfin.

Camille presse le pas pour ne pas arriver en retard chez ses parents, les bras chargés de cadeaux. Elle est trempée par la neige molle et déjà grise. La période de Noël lui donne le blues, elle se répète cette phrase qui lui va comme un gant : « Ne me secouez pas, je suis pleine de larmes. »

En cette fin d'année, on ne parle que des migrants. Elle a vu un documentaire sur ceux qui quittent leur pays pour aller chercher un ailleurs meilleur. Le reporter s'était infiltré à Calais. Dans ce qu'on appelle la « jungle », avec ses tentes rapiécées, la boue, le froid, les déchets, la pagaille et la violence. Cet enfer si près de nous l'avait révoltée. Ils avaient aussi filmé à Paris.

Des gens englués sur le trottoir, des femmes, des enfants au milieu des poubelles et des rats.

Camille se demandait comment on avait pu en arriver là. Ces drames semblaient s'immiscer par les pores de sa peau, des plaques rouges sont apparues sur son corps. Les médecins n'ont pas su poser de diagnostic. Ça partira un jour. Elle ressentait la souffrance des exilés, ces hommes dont les rêves avaient coulé au fond de leurs poches et qui n'avaient plus la force de les poursuivre. La souffrance d'hier, d'aujourd'hui, et de demain. Ça partira un jour. C'est ce qu'espèrent aussi certains hommes politiques. Ils voudraient les éliminer comme s'ils étaient des insectes qui gâcheraient l'été. Avant d'éteindre la télé, elle s'est aperçue que le reportage avait été tourné place Stalingrad. Là où Djibril devait être.

Demain elle irait là-bas et essaierait de le trouver. Elle doit l'aider.

Camille sort du métro, l'air glacial fouette son visage. Armée de courage, elle traverse la place de la Bataille de Stalingrad. Avenue de Flandre, elle croise des garçons qui tournent en rond, la tête enfoncée dans les capuches de leurs sweat-shirts. Ils fument, discutent, traînent. À force de demander où se trouvent ceux qui viennent d'Afrique de l'Ouest, elle comprend qu'ils sont là-bas, après le prochain croisement. Le sol est jonché de vélos cassés, de bouteilles de plastique vides, de détritus et de vieux journaux jetés au hasard. Entre les tentes trouées se côtoient des vieux ratatinés et des femmes accroupies autour de brasiers de fortune.

Camille marche prudemment à travers ce fouillis déroutant, pour éviter de mettre ses pieds sur les matelas sales qui jonchent le sol. Elle lit sur une pancarte échouée par terre : « *We are not a danger, we are in danger.* » Des palissades de chantier sont récupérées et improvisées en cabanes qui protègent du froid de janvier. Des hommes adossés au mur grelottent et la regardent durement.

Un air de kora sur une radio mal réglée, des tissus africains qui dépassent des tentes, elle arrive dans le coin des Sénégalais et des Maliens. Ils sont nombreux, ces garçons de tous âges, couchés en chien de fusil. Ils écoutent la musique emmitouflés dans des couvertures remontées jusqu'aux joues. Djibril doit être là. Un berger allemand se faufile et essaie de piquer discrètement un morceau de gâteau. Un coup de pied vengeur l'envoie valser au milieu de la rue. Des voitures freinent, klaxonnent, les hommes se relèvent et rient en voyant le chien qui se sauve, la queue basse. Camille a cru qu'il allait se faire écraser.

L'incident a détendu l'ambiance. Les garçons se racontent alors des tas de choses, se tapent sur l'épaule et haussent le son de la radio. Un grand dégingandé, une couverture sur lui, commence à danser. Camille oublie un instant la saleté, le froid, le bruit, et sourit à ces jeunes gens qui n'ont plus rien à perdre. Elle s'approche pour leur demander s'ils connaissent Djibril, il est du Sénégal, de Karabane et il était là en novembre. Ils secouent la tête. Des Djibril, y en a beaucoup. Et ils détournent les épaules, ils n'aiment pas les questions.

Camille passe et repasse, en long en large, et dévisage tous ceux qui sont là. Il n'y est pas. Elle l'aurait immédiatement reconnu, ses traits sont imprimés en elle. Elle a demandé une première fois, puis une deuxième et à la troisième, elle dérange un groupe d'adolescents en train de jouer aux dés sur une boîte en carton. En toussant, ils se regardent bizarrement. Penchés sur leurs chaussures, ils répondent que, si c'est le Djibril de Karabane, il n'est plus ici. Un jour on l'a plus vu… Regardez, Madame, le vieux Blanc qui est là-bas en train de donner du thé, allez lui demander, il sait, il vous dira. Pas de quoi, Madame.

Elle s'est dirigée vers l'homme à la barbe grise. Il lui a dit, elle aurait voulu être sourde : « On a retrouvé son corps sur une berge de la Seine. Djibril M'Baye, je pense que c'est lui. Pauvre gars, si gentil, si désespéré. Il avait sur lui le numéro que la mairie lui avait donné le jour même. La police nous a prévenus. On est allés à la morgue. Il y est peut-être encore, on ne sait rien de lui. En plus, c'est arrivé le 27 novembre, le jour de mes soixante-huit ans. Vous parlez d'un anniversaire. Ma femme, elle n'arrivait pas à me consoler. Ah ! ma pauvre dame, vous savez, nous sommes tous des exilés, un jour ou l'autre, nous aussi, nous aurons besoin d'une main tendue. Vous voulez un mouchoir ? »

Arrivée chez elle, Camille se jette sous la douche brûlante et reste le week-end sans bouger de son lit, blottie contre son chat. Le jour de son vernissage. Le même nom de famille qu'Aya… Elle irait à la mairie vérifier. L'homme de l'association qui l'a renseignée n'était pas vraiment sûr du nom.

Lundi, les yeux enflés et le cerveau vidé par deux nuits d'insomnie, elle ouvre son ordinateur et achète un billet pour Dakar. De toute façon, elle veut revoir Aya.

23

La lettre

Mon cher Ousmane,

En ce début de la nouvelle année, je te veux t'envoyer mes pensées pour te savoir heureux. Comment ça va bien pour ta famille et toi aussi, depuis que tu es allé au bois sacré ? J'étais avec toi chaque minute, est-ce que tu m'as vue ? Et tous ces jours depuis que je ne suis plus chez nous, mon cœur a l'espoir que tu es content et aussi de te retrouver bientôt. Et ma maman ? Madeleine s'en occupe, elle a promis de faire son mieux possible.

Tu dois te dire où, comment, pourquoi, je ne suis plus là ? Je suis partie un jour, voilà c'est mon secret. Je te le dis et aujourd'hui c'est ton secret aussi. J'ai un bébé, il est né ici près de Dakar et il est tellement beau. C'est mon fils et c'est pour lui que je suis partie.

Je suis devenue grande en deux saisons, et je suis une maman pour toutes les saisons de ma vie. Je lui donne mon lait et je l'aime grand comme le monde jusqu'aux étoiles, celles qu'on voit et celles qu'on voit pas. Je l'aime comme je te l'ai dit à toi aussi. D'ailleurs je t'aime tous les jours et les nuits en même temps que lui. Le matin quand j'ouvre les yeux, il est dans mes bras, tu es avec nous, entre nous. C'est pourquoi je suis pas triste : je t'ai emmené avec moi et tu le sais pas ! C'est drôle, non ? Sans toi j'aurais pas pu faire tout ça. Partir, avancer sans connaître où j'allais. Tu es mon courage de toujours. Là, je suis bien entre toi et lui. Il s'appelle Léo. Lui dans mes bras, sa peau trop douce quand je le frotte avec mon nez. Il rit et je mange son rire tellement il est mignonneté.

Toi dans ma tête, tu es comme le vent qu'on sent très fort même si on le voit pas. Je sais que je suis près de toi, un jour tu vas sentir mes mains sur tes yeux et coucou je suis là. Tu me souris déjà. Je suis une autre Aya, une maman, mais tu me reconnais. Je te jure quand je te retrouve plus jamais je pars.

Aussi je veux te dire autre chose : je sais sauter plus haut que les flèches, je fais danser des balles avec mes mains plus vite que les étoiles filantes et je marche au-dessus de la terre sur un fil qui se voit pas. Oui, je suis devenue une cirqueuse ! J'invente ce mot pour toi c'est mon cadeau. Quand tu vas me voir je serai debout sur les mains pour que tu ries. J'aime quand tu ris.

« Dis-moi, réponds-moi, ma lettre c'est mon espoir. Tu vas la lire, la garder, et l'aimer comme tu m'aimes encore. Oui, je sais que c'est vrai. Les choses vraies il faut les dire tout haut, les parler, les chanter pour pas qu'elles fondent comme les bonbons dans ma bouche. Alors j'écris pour toi. Je te porte dans mon cœur. Je t'envoie mes larmes

dans cette lettre. Des larmes de ma nouvelle vie elles sont salées mais jolies aussi.

Ousmane, Ousmane, j'écris ton nom pour te garder. Tu es mon manque. Je suis loin mais pas trop et surtout jusqu'au bout de l'horizon quand tu regardes la mer. Je suis toujours avec toi jusqu'à jamais.

Sincèrement pour toi, mon horizon.

Ton Aya.

Aya a bien réfléchi à tout ce qu'elle voulait lui dire. Elle a écrit un brouillon qu'elle a déchiré puis un autre. Elle a demandé à la dame qui vient le mercredi donner des cours de français si elle pouvait enlever les fautes sans regarder ce qu'elle avait écrit. La dame a corrigé et lui a tendu le papier avec plein de ratures et de mots qu'Aya a eu du mal à reconnaître tellement ils avaient changé. Elle a arraché une nouvelle feuille de son cahier Clairefontaine et la langue sortie, témoin de ses efforts, elle s'est appliquée à recopier. Au propre. Aya a pensé que c'était pratique les brouillons, ça devrait être pareil dans la vie. Elle a réussi à ne faire dépasser aucun mot des lignes. Sauf le dernier : horizon. Elle a trouvé que c'était beau en plus grand, alors elle a pris quatre lignes pour l'écrire.

Sa lettre n'avait plus de fautes d'orthographe, mais quelques taches d'encre. Ses larmes en coulant avaient fait déborder certains mots. Tant pis, a-t-elle murmuré, les fautes on peut les effacer mais les taches ça reste pour toujours, c'est comme ça. Elle renifle et relit sa lettre qu'elle trouve enfin présentable.

Elle va chercher une enveloppe, plie sa feuille, y dépose un baiser et la glisse dedans. Elle écrit l'adresse d'Ousmane et imagine le moment où il va l'ouvrir. Anaïs ira la poster samedi prochain.

Aya pousse un gros soupir. Il est emporté par le vent qui souffle dehors. Un courant d'air fait claquer la porte de sa chambre, la lettre s'envole et retombe sur son oreiller.

24

L'enfant

Étalée à plat ventre avec Léo à califourchon sur son dos, Aya relit encore une fois la lettre d'Ousmane. Hier, quand Mona lui a remis l'enveloppe bleue, Aya a cru que le soleil explosait. Comme si de rien n'était, elle est allée s'enfermer dans les toilettes pour ne surtout pas être dérangée. La gorge serrée elle a déplié le papier. Elle était sûre que c'était lui.

Tu es partie et j'ai arrêté de respirer. Je t'ai cherchée partout, j'ai demandé cent fois à tous ceux que je voyais s'ils savaient. J'ai hurlé dans ma chambre, j'ai hurlé sur ma mère, j'ai hurlé dans l'océan. J'ai passé mes jours à t'attendre au pied de ton arbre. C'est le seul endroit où tu es encore un peu… Et je ne crois pas… Tout ce que tu racontes. Ce n'est pas…

Elle a lu en long, en large et en travers l'avalanche de mots. Étaient-ce ses yeux pleins de larmes ou les phrases qui tanguaient, elle a eu l'impression de se noyer. La tristesse s'échappait de chaque syllabe. L'écriture bien rangée du jeune garçon avait imprégné le papier de son chagrin.

Par sa lettre, Ousmane était revenu en chair et en os. Aya la connaît par cœur et se la murmure comme une prière. Chaque fois, il apparaît devant elle, et il écrit directement sur sa peau. Les mots ont dessiné des sillons sur tout son corps. Ils sont imprimés en elle. Aya n'a pas fermé l'œil de la nuit.

Tu as un fils, pourquoi tu ne l'as pas dit ? Tu l'as fait comment ? Je préférais presque quand je ne savais rien. Je me raconte des histoires et je te vois qui cours vers moi, comme avant. Maintenant aussi je t'attends. Je t'attends tout le temps. Pourquoi t'es pas là ?

Après cette nuit noire comme l'encre, Aya est à nouveau gaie. Gaie par l'amour déversé sur le papier froissé. Gaie parce qu'un jour elle retournera là-bas et que tout finira bien par s'arranger.

« Même les parents d'Ousmane accepteront mon enfant, c'est aussi celui de leur fils. Pour de faux, mais en vrai. Et maman, en voyant Léo, elle retrouvera mon frère, son préféré. Boubacar sera une ombre que nous saurons éviter. Moi, Ousmane et Léo, on sera un corps à trois têtes. On ne se quittera jamais, sauf quand je ferai mes spectacles de cirque. Ils me regarderont et j'attraperai les étoiles pour eux quand je m'envolerai de mon trapèze. Et je vais gagner de l'argent. De l'argent pour guérir maman… »

Aya continue à inventer des jours beaux comme ses rêves. Elle écrit sa vie sur un fil invisible qui l'emmène où elle veut. Elle pense soudain à Camille et se demande quand elle va la revoir. Elle aussi, elle lui manque.

Camille a pris l'avion et a quitté Jean-Baptiste sans plus de façon. On est en mai, fais ce qu'il te plaît, voilà ce qu'elle se dit en regardant par le hublot. Elle arrive à Dakar pour une escale de quelques heures avant de reprendre le ferry pour Karabane. Traînant ses espadrilles sur le marché et ne supporte plus d'être accostée par des vendeurs de tout et de n'importe quoi. À force de répéter qu'elle n'est pas une toubab, elle ne se croit même plus. Énervée et fatiguée par la chaleur, elle repense à l'horrible nouvelle dont elle est le messager. Dans son sac, la feuille sinistre tapée à la machine dont le tampon certifie le décès du numéro je sais plus combien. Djibril M'Baye. Même pas écrit Monsieur. Le mal qu'elle s'est donné pour retrouver sa trace. Et aucune assurance que ce soit le frère d'Aya.

En plus, Camille ne sait même pas si elle va la revoir, Aya. En fait elle ne sait plus grand-chose, ses certitudes ont disparu. Ce doit être ça de vieillir, ne plus être sûre de rien. Elle s'engouffre dans un taxi. « Ras le bol de tous ces racoleurs, j'ai encore deux heures devant moi, je vais aller saluer Mona à la Maison Rose. Pour une visite en coup de vent ! »

Elle n'a pas prévenu de son passage, Mona est absente, lui annonce la jeune femme qui l'accueille en lui serrant la main. Elle la guide jusqu'à la nursery où des nouveau-nés emmaillotés sont allongés sur des tissus colorés. Ils dorment les poings serrés et la bouche entrouverte, plus mignons les uns que les autres. Elle voudrait s'allonger près d'eux, les rejoindre dans leur sommeil si doux. Puis elle se dirige vers la salle sous l'escalier où les plus grands jouent et chantent avec une jeune fille. Camille remarque dans un coin un bébé installé dans un hamac en osier. Il doit avoir dans les six mois, il babille en regardant ses doigts avec l'air sérieux d'un bouddha.

Il joue avec un rayon de soleil qu'il essaie d'attraper. Camille se rapproche des petites mains qui sortent du pyjama blanc et pendant que les plus grands s'agrippent à sa jupe, elle se met à genoux devant le gros bébé solitaire. Elle meurt d'envie de le serrer contre elle. Alors, sans demander la permission, il est déjà dans ses bras et son sourire la fait chavirer. Avec Léo sur elle, et les autres petits qui la collent en chantonnant, elle n'ose plus bouger. Son regard se perd dans les cils si longs de l'enfant qu'elle ne veut plus lâcher. Toutes ces courbes parfaitement dessinées, de son front bombé jusqu'à sa bouche si ronde. Une fillette au regard coquin avec plein de nattes retenues par des élastiques de toutes les couleurs chatouille le ventre du bébé et deux petites dents plus blanches que la neige éclatent de rire. Une cloche sonne, de très jeunes femmes dévalent l'escalier et des petites filles en uniforme claquent la porte, après avoir dévisagé l'inconnue aux cheveux jaunes.

En regardant son portable, Camille s'aperçoit qu'elle doit filer afin de ne pas rater son bateau. Elle repose à contrecœur le petit dans son berceau, il grimace et se met à hurler. Thérèse arrive pour le calmer : « Ah ! j'ai vu que tu le trouves trop mignon, celui-là. C'est notre chouchou, Léo. Sa maman est allée prendre son cours à l'école du cirque de Dakar. Ils la trouvent douée, alors ils l'entraînent pour qu'elle fasse partie de leur troupe. Elle a quatorze ans en juin, c'est la plus jeune des mamans qui sont ici, et on est tristes parce qu'elle va bientôt repartir. »

Camille n'a pas eu le temps d'en savoir plus. Elle n'oubliera pas les petites mains qui suivaient la lumière. Il faut qu'elle revienne, cet enfant l'a touchée au cœur.

25

Le châtiment

Il tourne en rond. Depuis qu'il a reçu la lettre d'Aya, Ousmane ne sait plus à quoi s'en tenir. Aya a promis de revenir. Mais plus rien ne sera comme avant. Pour se changer les idées, il court sur la plage jusqu'au cimetière. Au milieu des tombes, il pense à sa vie et n'en voit pas la fin. Ni le début. Aya était sa promesse, elle est devenue son impasse. Il était inconsolable de son départ, maintenant qu'il sait, il se sent misérable. Il sèche l'école et traîne. Sur le chemin broussailleux qui va vers la forêt, il croise Boubacar qu'il reconnaît à peine. On dirait un vieillard.

Comme tous les jours, l'homme amaigri et usé va confier sa peine aux arbres du bois sacré. C'est pourtant défendu d'y aller. Il promène son désespoir en suivant les sentiers pleins de ronces. Il y reste la majeure partie de ses journées. On le croit au bureau, il n'y va plus. Il a perdu le goût de tout et n'a plus le courage de faire semblant. Il rentre le soir, la mine blafarde, ses filles l'ignorent. Elles échangent des messes basses, Boubacar s'en fiche. Sa femme lui a laissé sur la table en Formica une assiette de riz aux oignons. Plongée dans sa broderie, elle ne lève pas les yeux de son ouvrage quand il pousse la porte. Si elle l'avait regardé, elle aurait remarqué ses yeux fiévreux. Elle est lasse de sa présence. Il ressemble aux chats pelés qui miaulent sous sa fenêtre et qu'elle voudrait envoyer valser. Elle calme ses angoisses un fil à la main et ne voit pas que son mari meurt à petit feu.

Au milieu de la nuit, il se réveille en sursaut, assailli par la culpabilité. Ça l'empêche de respirer. Sa famille n'aura bientôt plus rien pour vivre, il sent déjà les regards haineux. Il voudrait avouer, expier, dénoncer sa faute, mais il est trop lâche. Il est six heures du matin, il sort en rasant les murs. Plus rien n'a d'importance. Il fixe le soleil qui se lève et accélère.

Il marche vers la forêt, sans conviction. Il est épuisé. Il ne sait plus où il va ni ce qu'il cherche en avançant entre les branches menaçantes. L'aurore ne lui donne aucun sursis.

Un sifflement ? Il n'entend que son propre souffle. Un bruit de branches le tire de sa torpeur. Une douleur atroce le plie en deux. Sa gorge se crispe et se tord, il croit que le soleil se venge. Il demande pardon et tombe à genoux sur les cailloux tranchants. Sa peau est à vif comme si on l'avait arrachée, il sent ses muscles se paralyser. Le soleil lui envoie des flammes, il souffre comme un damné, tétanisé par une douleur aiguë. Le supplice s'éternise, le serpent glisse le long de son bras puis disparaît, sa besogne accomplie. Des spasmes secouent son corps, des hoquets et des tremblements achèvent son agonie, il voit les yeux d'Aya, et un dernier soubresaut l'en éloigne à jamais. Il s'effondre dans le sable sans gémir. Il attendait son châtiment.

Sa femme ne s'était pas inquiétée. Il avait dû s'endormir au bureau. Bon débarras, je vais avoir la paix, avait-elle pensé en soufflant sur sa lampe à pétrole. Deux jours plus tard, un berger a retrouvé le corps. Les vautours l'avaient déjà repéré.

La nouvelle s'est répandue dans le village comme une traînée de poudre. À qui mieux mieux on commentait en donnant des détails macabres. On en oubliait Boubacar à force de raconter sa fin tragique.

Quand Madeleine a annoncé à Aïssatou la mort de son frère, celle-ci a juste pointé le ciel. Madeleine en a déduit qu'elle n'était pas folle.

26

Boutique-mon-cul

Aya est debout et se tient très droite dans le bureau de Mona. Ça va bientôt faire neuf mois, il faut qu'elle songe à retourner chez elle. Pour laisser la place à celles qui viennent d'arriver, elles ont tant besoin d'aide.

« Peut-être que je ferai le voyage avec toi jusqu'à ton île, j'ai toujours voulu y aller. Pense à ta mère, sa joie de te revoir. Elle aussi a dû changer depuis tout ce temps. Ensuite, tu choisiras. Soit de rester là-bas, soit de revenir à Dakar où tu pourras rejoindre la troupe de Cirq'art. Ils pensent que tu en es capable, ils t'apprécient. Mais c'est un peu tôt il me semble. Tu n'as que quatorze ans… et encore, dans un mois ! »

Mona a posé ses lunettes sur la table et se lève pour écourter l'entretien.

Aya est partagée, elle ne sait pas quoi penser. Bien sûr, son île lui manque et Ousmane tellement, et sa maman aussi. Mais elle est bien ici, entourée et guidée. Elle est heureuse quand elle rejoint Modou et qu'elle jongle et saute dans les airs avec les funambules et les saltimbanques. Ils l'intimident, ils sont tellement plus forts qu'elle, mais elle a trouvé sa place parmi eux.

À la Maison Rose, depuis deux jours, une nouvelle est arrivée, enflée du haut jusqu'en bas. Ses yeux et ses lèvres prennent tout son visage, et son ventre est énorme. Les policiers l'ont déposée vers minuit, Aya était en train de bercer son fils quand elle l'a vue se débattre. On aurait dit un animal sauvage. Fallou, le gardien de nuit, et Thérèse, que les coups sur la porte avaient tirés du lit, sont apparus en pyjama, l'air affolé.

Dès le lendemain, toute la maisonnée savait qu'elle était boutique-mon-cul. C'est sa mère qui la forçait à vendre son corps aux hommes de Rufisque. Elle aussi exerçait ce métier et comme elle avait vieilli, elle n'avait presque plus de clients, seulement quelques habitués avec lesquels elle avait un contrat au mois, un abonnement en quelque sorte ! Alors elle a envoyé sa fille dans les rues pour qu'elle prenne la relève.

Mélissa devait entendre les rumeurs qui circulaient sur son compte, et maudire encore plus celui qui bougeait dans son ventre. Elle est restée sur son lit toute la journée. Aya a entendu les gendarmes raconter qu'ils l'avaient repérée depuis plusieurs jours. Elle s'était cachée derrière l'autoroute, celle en travaux, elle errait avec des talibés en fuite. Les policiers avaient tiqué quand ils avaient vu son gros ventre : « C'est pas à nous de récupérer les traînards, mais là… On a demandé au chef, et il nous a dit que ces dames-là, c'est dans votre établissement qu'on les amène. Bon courage, elle est violente. »

Aya aimerait la consoler, lui dire que tout va s'arranger. Elle profite du moment où les autres s'affairent en cuisine pour se glisser dans la chambre de la jeune prostituée, repliée en boule sur son oreiller. Aya s'installe par terre et lui prend la main. « Comment lui faire comprendre tout ce que je sais ? Qu'elle est ma jumelle et qu'ici nous sommes toutes pareilles. »

Les yeux toujours enflés, Mélissa regarde le mur et, après un silence aussi long que la cuisson du riz, Aya se jette à l'eau. Elle parle comme d'autres chantent. Avec des intonations pleines de sourires, elle lui dit tout bas des mots que Mélissa n'a jamais entendus. Elle chuchote en laissant la vie remplir les vides. Elle ajoute que la seule chose qui compte, ce n'est pas ce que l'on a vécu, c'est comment on le ressent dans notre cœur. Il faut laisser derrière ce qu'on ne veut pas. Aujourd'hui c'est un autre jour.

Mélissa ferme ses paupières lourdes et ressent une chaleur inconnue. Aya reprend son souffle et laisse le silence terminer ses phrases. Elle attend que Mélissa lui raconte, alors elle lui dira qu'on peut tout effacer, comme Mona lui a appris. Il faut espérément croire.

Mélissa n'a rien dit. Mais elle a bien voulu suivre Aya pour aller rejoindre les copines autour du plat de riz.

Aujourd'hui, Aya est retournée la voir. Mélissa est

allongée sur le ventre, on dirait qu'elle couve son bébé ou qu'elle l'étouffe. Aya s'assied à la même place qu'hier, et rapproche sa tête de la sienne pour permettre à ses pensées de s'introduire sous leurs cheveux emmêlés. Quand la voix cassée de Mélissa résonne enfin dans la pièce, déversant des flots de tristesse, Aya écoute attentivement. Elle se dit qu'aider les autres, c'est mieux que tout.

Chaque jour qui passe, les yeux de Mélissa dégonflent, à l'inverse de son ventre. Bientôt elle va accepter son enfant. Et ce qui l'attend.

Aya a pris sa décision : elle retournera chez elle dans un mois, avec Léo sur le dos. Mona l'accompagnera. Il faut bien l'avouer, Aya est un peu sa préférée.

27

L'annonce

Dans le bateau, Camille n'a pas fermé l'œil de la nuit. Elle n'avait pas réservé de couchette, et s'est retrouvée à côté de deux hommes imposants qui n'ont pas cessé de parler. L'impression d'être un oiseau de mauvais augure porteur d'une terrible nouvelle ne l'avait pas lâchée.

« Dans quelle histoire je me suis fourrée ? Ça ne me regardait pas, ce jeune homme inconnu, qu'est-ce qui m'a poussée à rechercher sa trace… Maintenant, avec ce papier tamponné par la mairie, preuve que Djibril M'Baye, ce numéro je sais plus combien, est décédé à Paris, je vais détruire les rêves de ceux qui l'aimaient. »

En débarquant à Karabane, Camille n'a qu'une envie, aller se recoucher dans le petit hôtel où elle était descendue la dernière fois. Après ça ira mieux.

Ousmane est adossé au réverbère sur la jetée. Comme souvent, il attend le bateau avec l'espoir angoissé de voir Aya en sortir. Il aperçoit une blonde dont la blancheur contraste avec la foule noire. Elle semble fragile. Puis il voit sa copine Mariama, son panier de bijoux sur la tête, se précipiter vers l'inconnue et l'embrasser comme du bon pain. Intrigué, il s'avance vers elles, et Mariama l'apostrophe en riant : « *Kassoumaye*, Ousmane, t'étais où ces jours-là ? Comment va ta famille ? »

Répondant par un sourire forcé, il sent sur lui le regard bleu qui le scrute. Camille l'a reconnu. Le jour du bois sacré, Aya l'avait tiré par la manche pour qu'elle le prenne en photo. Elle se souvient du cadrage, de la poudre blanche sur son visage et de ses yeux vitreux. Ousmane, c'était le prénom qu'Aya répétait. Mais Camille est trop épuisée et n'a pas le courage de lui parler. Elle va vers son hôtel accompagnée par Mariama qui porte sa valise. Juste avant de la quitter, elle lui demande si elle connaît l'adresse d'Aya…

En fermant les volets de sa chambre, Camille repense à ce qu'elle lui a répondu : « Aya, on ne sait pas où elle est partie. Y a longtemps déjà, il paraît qu'elle est allée retrouver son grand frère. Elle est loin, je crois ! »

Dans la pénombre, Camille s'est allongée sur le lit. Tout dans son esprit s'embrouille. Elle avale un verre d'eau, sans parvenir à se calmer. Elle quitte sa chambre en claquant la porte et se dirige vers la mairie.

Camille n'aime plus ce soleil qui la brûle. Elle vient de remettre le papier certifié à une dame toute fripée. En notant l'adresse où elle pourra trouver la mère de Djibril, l'adjointe au maire avait l'air dépassée : « Elle s'appelle Aïssatou M'Baye, elle habite chez Madeleine Diop. Cette femme l'a recueillie il y a quelque temps. De toute façon, elle comprendra sans doute rien, Aïssatou. Elle est frappadingue. »

Camille a fini par lui demander si Djibril était parent avec Aya M'Baye. « Ben, un peu, oui ! C'est son frère. Et cette petite qui a disparu sans demander son reste. C'est une famille de timbrés… Avant c'était pas pareil. Tout a changé depuis le naufrage… On a aussi enterré l'oncle le mois dernier. C'est sûrement un esprit maléfique qui les a tous maraboutés ! »

La jeune femme se dirige vers la maison de Madeleine. Sur le chemin elle croise des enfants. Même leurs sourires la laissent indifférente. Elle arrive rue Blaise-Diagne au numéro indiqué, une femme est assise contre la porte de la maison en brique. Ses bras maigres posés sur ses jambes allongées, elle tient dans ses mains une branche qu'elle serre très fort. Camille comprend tout de suite que c'est elle, la maman. Elle devine à son regard qui s'éparpille qu'Aïssatou s'est réfugiée loin de tout. Son turban défait tombe sur ses épaules. Le tissu encadre son long cou qui penche de côté comme pour le désaxer encore plus. Elle ressemble à une princesse déchue, et les restes de sa beauté fanée émeuvent Camille. On retrouve chez elle un peu d'Aya, comme dans un portrait bâclé duquel la vie se serait échappée. Elle se penche pour la saluer, mais Aïssatou ne la voit pas. Sa peau semble collée sur les os de ses joues, et un murmure sort de ses lèvres sèches.

Madeleine qui a entendu du bruit ouvre la porte et accueille Camille avec son beau regard. Aïssatou en profite pour vite se glisser à l'intérieur, comme si elle ne voulait pas entendre les raisons de cette visite.

Assise à l'ombre du fromager, Madeleine a écouté. Elle détourne la tête pour ne pas montrer ses yeux rouges à la toubab. Elle demande tout bas au ciel ce que la famille d'Aïssatou a bien pu faire pour mériter une telle malédiction. Madeleine est très attachée à la pauvre femme dont elle s'occupe du mieux qu'elle peut. Quand elle l'a déshabillée l'autre soir avant de la coucher, elle a vu la photo de Djibril coincée dans son soutien-gorge. Madeleine ne lui annoncera sa mort que demain, aux premiers cris du coq. À l'aube d'un nouveau jour, elle trouvera les mots. Ou bien elle ne lui dira pas. Car elle est sûre qu'Aïssatou sait tant de choses que les autres ne savent pas.

Camille est restée longtemps. Elle a écouté cette femme digne lui révéler en détail toute l'histoire d'Aya. Quand elle a compris qu'Aya s'était réfugiée à la Maison Rose et qu'elle l'avait ratée de peu, elle s'est effondrée dans les bras de Madeleine. Sur la poitrine immense, elle a retrouvé l'odeur de sa maman quand, enfant, elle se serrait contre elle pour oublier ses cauchemars.

Elle est repartie en ruminant des idées troubles. Comme une prisonnière, elle a l'impression de marcher avec des boulets aux pieds, esclave de sa logique de

Blanche. Depuis qu'elle a vu Madeleine, elle a mal au cœur, au propre comme au figuré. Elle n'a même pas envie d'un thiéboudienne ou d'un yassa. Dégoûtée de tout, et d'elle-même en particulier.

Sur la plage, près de son hôtel, elle reconnaît la silhouette d'Ousmane accroupi sur un morceau de bois. Il scrute l'horizon. Elle s'approche du jeune homme. Dans un réflexe plus fort qu'elle, elle sort le Leica et le photographie. Elle a besoin du recul que son appareil lui procure face à ce monde qui la dépasse. Ousmane fait corps avec le morceau de bois. Il est un paysage à lui seul.

Elle s'assied près de lui et lui propose une cigarette.

« Merci beaucoup, je ne fume pas, Madame.

– Tu as raison, et tu ne bois pas non plus ?

– De temps en temps, en cachette, je n'ai pas le droit !

– Tu es musulman, n'est-ce pas ?

– Un peu, pas complètement. Plutôt animiste, comme mon grand-père. Il savait écouter les arbres, ils peuvent répondre à tant de questions.

– Que fais-tu comme travail ? Tu es étudiant ?

– Surtout, j'attends que le temps passe, et ça prend tout mon temps. »

Il se tourne vers Camille, la trouve jolie. Il remarque aussi qu'elle semble perdue dans ses pensées. Un ange passe, tous deux regardent vers le ciel. Elle lui demande s'il connaissait bien Aya. Il cache ses yeux avec ses longs doigts si fins et commence à parler : « Aya, c'était important comme l'air que je respire. Quand je suis revenu du bois sacré, j'étais fier de moi. Je me croyais grand et fort comme papa. Tout s'est écroulé quand on m'a dit qu'elle n'était plus là. J'ai cru que c'était ma faute, qu'elle n'avait pas supporté de se retrouver seule. Je m'étais éloigné d'elle pendant l'initiation. J'aurais pas dû arrêter de penser à ses yeux. Je me suis détesté, je suis sûr qu'elle s'est crue abandonnée. Depuis tout ça, je ne peux plus respirer.

– Tu as eu de ses nouvelles ?

– Oui, elle m'a écrit. J'ai tout compris. Elle a l'enfant d'un autre, je n'arrive pas à le croire. Elle ne savait pas me le dire. En plus d'étouffer, j'ai l'impression qu'on m'a arraché le cœur. Je n'arrive plus à marcher droit. Je penche, je vais tomber... »

Camille pose son bras sur l'épaule voûtée du jeune homme. Elle comprend qu'il ne connaît pas toute la vérité. Il croit qu'Aya a aimé un autre que lui. C'est peut-être mieux ainsi. Elle tente de le rassurer en lui promettant que ça va s'arranger. Mais sans conviction, car elle se sent de plus en plus en dehors de tout ça.

C'est comme une histoire trop triste, et quand le livre se referme, on est soulagé de passer à autre chose. Camille n'a plus qu'une envie : partir d'ici. Retrouver son chat et ouvrir sa fenêtre pour voir les parapluies courir sur les passages cloutés.

Juste avant qu'ils se quittent, Ousmane lui a demandé : « Tu sais, Aya a promis qu'elle rentrerait bientôt. Et je suis encore plus désespéré. Tu comprends ça, toi ? »

Camille a secoué la tête. Oui, non, vraiment, elle ne comprend plus rien. Elle a trop vu, trop entendu. Elle a hâte de quitter Karabane où tout lui semble sombre et compliqué. Elle se sent inutile, dépassée par des peurs qu'elle n'arrive pas à dominer. Elle est pressée de retrouver son quotidien goudronné. Les rythmes obscurs de ce pays qui l'avait tant séduite se retournent contre elle. Elle reste à la frontière d'un monde qui l'effraie. Elle n'est pas à la hauteur, elle s'étonne de sa petitesse, elle n'a pas la force de se raisonner. Elle a traversé ce pays pour se rendre compte qu'elle ne veut pas en être prisonnière. Ça suffit.

Camille repart demain, elle ne reverra pas Aya.

Fuite en arrière.

28

Corde raide

Les bras tendus jusqu'au bout des ongles, le cou haut, la respiration lente, et le regard loin devant, Aya pointe un pied, puis l'autre. Elle se recueille pour ne plus penser à rien, se fondre dans chaque seconde. Elle étire ses extrémités, pieds, mains, haut du crâne, elle se sent écartelée dans l'espace. Tellement concentrée qu'elle n'entend pas la chanson de Shakira, *Waka-Waka this time for Africa*, sur laquelle Mignonne et Mamadou répètent leur chorégraphie.

Elle reste tendue vers son objectif et pour se concentrer, elle n'avale plus sa salive qui stagne dans sa gorge. Des gouttes de sueur tombent sur son front. En faisant le vide, elle se remplit de légèreté et son souffle devient sa seule réalité. Elle se sent de passage sur ce fil accroché bien plus haut que d'habitude. Et elle doit réussir cette épreuve au-dessus du vide, pas question d'échouer sous les yeux attentifs de Modou. Les secondes s'étirent. À force de mettre un pied devant l'autre sur la corde raide avec la précision du soldat et la grâce de la danseuse,

Aya ne se rend pas compte qu'elle est venue à bout de sa traversée. Un vertige la propulse ailleurs un court instant. Elle reprend conscience, l'atterrissage est étrange. Une vague de chaleur la submerge. Modou la tient dans ses bras et la félicite.

C'était le dernier cours aujourd'hui, dans deux jours elle retourne à Karabane. À la fin de l'entraînement, ils l'ont tous embrassée tellement fort qu'en descendant l'escalier du gymnase, Aya sent encore leurs baisers sur ses joues.

Avant de quitter la Maison Rose, elle essaie de profiter de chaque moment. Alors elle mange en mâchant lentement, elle parle peu et doucement, et s'empêche de dormir pour s'imprégner de tout ce qui se passe. Pour ralentir le temps.

La veille de son départ, Mona lui a organisé une fête en grand secret. Aya était au comble de la joie. Et du chagrin. Un bonheur triste, c'est ça.

Toutes les pensionnaires, et les enfants, ont chanté une chanson pour elle. Chacun avait son couplet, ils reprenaient le refrain en cœur. C'était trop beau, tout se bousculait. Trop de tout. Trop d'amour, trop de gaieté, trop de souvenirs, trop d'appréhensions, trop de questions. Pour combattre tous ces trop, elle s'est levée à son tour et leur a dit que c'est dans cet espace d'amour où elles sont toutes ensemble qu'elle est née pour de bon. Bien plus que tous les mercis, elle leur a dit qu'elles étaient dans son cœur pour toute la vie, et jusque bien après, au bout du bout de tout.

Comme il n'y avait qu'un homme, Fallou, le veilleur de nuit, elle s'est jetée à son cou en lui demandant pardon, toi aussi tu es dans mon cœur, tu resteras le gardien de mes nuits. Elles ont dansé jusque tard, elles ondulaient en oubliant leur mélancolie.

Aya est prête, elle a enfin réussi à fermer son sac rempli à ras bord. Léo est très agité, elle lui a expliqué qu'ils partaient loin d'ici. Mona est déjà dans la voiture, pour une fois elle n'est pas en robe. Avec son jean et ses baskets on dirait une jeune fille.

Les idées en bataille et les cheveux hirsutes, Aya franchit la porte le cœur serré à double tour. Une main tire sa chemise, Mélissa la supplie de ne pas la quitter. Aya pose Léo à terre et prend Mélissa dans ses bras pour un gros câlin. Si tendre que Mélissa ne dit plus rien et rentre en reniflant. Aya doit partir.

La nuit dans le ferry, avec le roulis des vagues si hautes, Aya a eu peur. Mona, elle, s'est immédiatement endormie sur son fauteuil club, calée contre son sac, la bouche grande ouverte comme si elle voulait gober l'air chaud et humide. Léo encore excité tournait la tête dans tous les sens, il ne voulait rien rater du spectacle.

Pour ne plus cogiter, Aya essaie de retrouver la sensation qu'elle avait eue l'autre jour en marchant sur la corde raide. Se concentrer au-delà de ses émotions et surmonter sa peine. Demain est un autre jour. Elle pose les yeux sur Léo. Le seul qui compte… avec Ousmane.

Quand elle entend l'*Aline Sitoe Diatta* sonner son arrivée à Karabane, elle jette Léo dans les bras de Mona et sort sur le pont pour vomir par-dessus bord son trop-plein d'angoisse.

29

Le retour

L'île a changé. Elle a rapetissé, le sable a foncé et les arbres sont fatigués. Après être sorties du ferry, Aya et Mona ont déposé leurs bagages dans l'hôtel où Mona a réservé une chambre pour la nuit. Elle repartira demain.

Il est encore tôt, il n'y a pas âme qui vive. Partageant le silence qui règne sur l'île, elles prennent le chemin qui mène à la maison de Madeleine pour voir la mère d'Aya. Le trajet semble long.

Elles finissent par arriver. Aya laisse Mona passer devant. La porte est déjà ouverte, elles entrent doucement. Un soleil pâle éclaire la pièce. Aïssatou est assise près de son lit sur un tapis usé, elle compte sur ses doigts des nombres inconnus. Aya s'approche d'elle et lui tend son fils comme une offrande en murmurant « Maman ». Mona n'oubliera jamais la brutalité avec laquelle Aïssatou a bondi comme si c'était le diable, et a disparu hors de la maison en courant dans un nuage de sable.

Réveillée par le bruit, Madeleine arrive et se précipite vers Aya et son enfant. Elle a les gestes d'une mère quand elle les encercle de ses bras dénudés. Aya est si contente de la revoir. Dès qu'elle la présente à Mona, elles se parlent tout de suite comme deux amies. On dirait qu'elles se connaissent depuis toujours.

Madeleine raconte des tas d'histoires qu'Aya ne connaît pas. Ça doit être l'effet Mona, elle ferait parler une huître !

« Ma fille unique s'est mariée en Gambie. Avec un homme qui parle en anglais et qui ne rit pas souvent. Je n'ai jamais voulu aller la visiter dans ce pays si près et tellement loin, entouré de barbelés. Ça me fait mal sa vie là-bas. Ma Marie, elle était tellement gentille. La dernière fois qu'elle est venue, elle était énervée parce qu'Aïssatou avait pris son lit ! Moi j'ai tant à donner, et Marie, elle est partie trop tôt. Quand il a fallu prendre soin de la maman d'Aya, j'ai su que c'était un signe de là-haut. Il ne faut pas me remercier, c'est moi qui dis merci… J'apprends beaucoup avec elle. Les gens la croient folle, moi je sais qu'elle est dans sa vérité. Elle a deux ans de moins que moi, et pourtant elle est comme ma fille, ma petite intranquille. »

Quand, juste après avoir dégusté les accras, au moment où elle plongeait les doigts dans le riz citronné, Madeleine lui a appris la triste fin de Boubacar, Aya a cru ne pas avoir bien entendu. C'était impossible. Cette terrible vengeance qu'elle ne souhaitait même plus. Elle n'a pas montré sa pitié. Baissant les yeux quand Mona a mis la main sur la sienne, elle a continué à manger comme si de rien n'était. Et a repris le fil de la conversation. Sans beaucoup d'appétit. Tout s'emmêlait, elle était trop fatiguée pour ranger les images qui défilaient. Personne ne pouvait comprendre ce qu'elle ressentait. Pas même elle. L'impression d'être libérée d'une chose sans ressentir aucune légèreté. Elle était lourde de regrets, et des déchets flottaient dans son esprit.

Elles sont rentrées à l'hôtel. Sur la route, les enfants s'agrippaient à elles, des chats et des poules sortaient de partout, des bougainvilliers débordaient des murs, le soleil éclairait le village tout entier. Aya retrouvait son île.

Elles ont « kassoumayé » à qui mieux mieux. Mille bras ouverts affichaient leur joie de retrouver Aya. Tous s'attendrissaient sur Léo, le complimentaient, pas trop quand même, pour ne pas attirer le mauvais œil. Léo avait beaucoup souri, comme pour se faire pardonner. Oui, c'est sa faute si elle était partie.

Aya et Mona ont décidé de rendre visite en fin de journée à Fatou et aux cousines. Plus rien à craindre maintenant que Boubacar n'est plus. Dès qu'elles arrivent chez la tante, les cousines se jettent sur Aya. Elles ont grandi et sont presque des adolescentes. Léo a des fous rires en passant de bras en bras. Fatou invite alors Aya et son amie à dîner, elle insiste pour qu'elles restent dormir. Mona décline gentiment mais pousse sa protégée à accepter.

Aya dort d'une traite, et rien ne trouble son sommeil.

En ouvrant les yeux, elle se dit qu'aujourd'hui enfin, elle ira le voir. Ousmane.

Ce matin, Ousmane avait encore guetté l'arrivée du bateau. Et quand il avait vu Aya en sortir, il n'avait pas voulu y croire. Cette jeune maman, avec son pantalon et ses cheveux bien rangés, si différente de la sauvageonne qu'il adorait. Son cœur s'était arrêté. Il avait mal. Il la voulait pour lui tout seul, et préférait la perdre que la partager. Ni avec elle, ni sans elle, il se sentait pris au piège. Il avait fait demi-tour et était rentré chez lui.

Sa mère lui avait demandé de donner la bouillie à sa sœur, il s'était exécuté sans cacher sa mauvaise humeur. Il ne pouvait s'empêcher de penser à Aya.

Une cuillère pour elle est revenue,
Une cuillère pour elle va me parler,
Une cuillère pour je n'y arriverai pas,
Une cuillère pour ne pas trop penser,
Une cuillère pour on ne sait jamais,
Une cuillère pour Aya, c'est bien, tu as tout fini.

30

Désolation

C'est une matinée joyeuse. Comme deux petites mères, Sidonie et Aglaé entourent Léo. Cajolé, dorloté, chouchouté, une poupée vivante, cadeau inespéré. Quand elles ont commencé à jouer avec lui comme avec un ballon qui volait de l'une à l'autre, Aya a fait les gros yeux : « Les filles, vous êtes folles, arrêtez tout de suite ! »

Les deux chipies n'ont pas râlé. D'accord, c'est pas un ballon, pourtant il est tout rond.

Elles ne veulent plus le quitter et supplient Aya de leur laisser Léo pour la journée. En se regardant dans la glace pour voir si sa coiffure est bien comme il faut, elle accepte, ça l'arrange. Aujourd'hui elle va revoir Ousmane. Elle donne en vrac plein de recommandations, biberon, rototo, dodo et ne le quittez pas d'une semelle. Elle sort rassurée, Fatou a promis de surveiller les nouvelles petites mamans.

Sans Léo, Aya se sent vide. Un peu perdue et légère à la fois. Elle retrouve son pas sautillant et fait un détour pour passer chez Madeleine. Elle a besoin de voir sa mère. En moins de deux, elle y est et entre sans frapper. Madeleine est penchée sur une bassine et lave le linge. Aïssatou est déjà sortie.

C'était une matinée joyeuse. Ce sera un matin accablant. En frottant très fort le tissu rouge comme si cela allait aider à faire disparaître la douleur en même temps que les taches, Madeleine prend son courage à deux mains. Elle lui fait part de la mort de Djibril. Hier elle n'en a pas eu la force, elle était tellement surprise et heureuse de la revoir. La pauvre petite avait déjà dû supporter la terrible réaction d'Aïssatou. Sa mère ne l'avait pas reconnue. Alors elle lui a seulement raconté la disparition de Boubacar, elle pensait que ça pourrait aider Aya à revenir vivre ici sans craindre de nouvelles violences. Pour Madeleine, la mort de ce prédateur avait été une délivrance. Ce genre d'homme mérite d'être puni. Madeleine a été surprise de la réaction d'Aya. Ou plutôt de son manque de réaction.

Mais lui annoncer qu'elle ne reverrait plus jamais Djibril, ça elle n'avait pas pu. Ces deux morts survenues à quelques mois d'intervalle. L'une injuste. L'autre méritée. Comme si Dieu essayait de se rattraper.

Quand elle s'était retrouvée seule, elle s'en était voulu de ne pas lui avoir dit. Toute la nuit, elle n'avait pensé qu'à ça. Et aux larmes invisibles qui coulent à l'intérieur, les plus difficiles à sécher. Aux mots qu'il fallait qu'elle trouve pour annoncer la disparition du frère aîné. Le frère aimé. Alors elle a tout répété dans sa tête, et comme une poésie apprise par cœur, elle prend son souffle et essaie de ne pas parler trop vite. Elle a pourtant envie de se débarrasser de tous ces mots qui vont faire tant de peine. Des mots en deuil. Elle relève la tête vers Aya, laissant ses mains flotter dans l'eau savonneuse. Et Aya comprend qu'elle ne reverra plus jamais son frère, dans ce monde en tout cas.

« Maintenant, il n'est plus dans ce pays si loin, il est là-haut avec ton père, à l'abri enfin. Depuis qu'elle le sait, ta maman a préféré tout oublier encore plus. C'est sans doute mieux pour elle. »

Un frisson secoue tout son corps, ses oreilles bourdonnent, Aya a l'impression d'être tombée dans un essaim d'abeilles. Ses yeux ne voient plus rien. Madeleine se lève pour la soutenir avec ses mains mouillées. Elles vont s'asseoir contre le mur. Il n'y a plus de mots. Il ne reste que le bourdonnement.

Ses oreilles se taisent à leur tour, faisant place à un silence épais. En la voyant hier, sa mère avait sans doute pensé à Djibril. C'est lui qui aurait dû revenir. Elle a envie de faire comme Aïssatou, de détaler. Puis elle se rend compte qu'elle n'éprouve pas de colère, juste de la désolation. Une de plus. Au fond d'elle-même, elle s'en doutait. Il avait déjà disparu de sa vie. Jour après jour, il s'était éloigné et elle ne le retrouvait même plus dans ses rêves.

Aya pose sa tête sur l'épaule de Madeleine pour une

consolation muette. Son frère restera toujours en elle, elle n'aura qu'à penser à lui pour le retrouver.

Quand elle ouvre les yeux, il est déjà midi. Elle doit aller voir Ousmane. Elle a tant besoin de lui.

Elle marche, elle est une autre. Elle se souvient de celle d'avant qui sautait pour éviter les lignes qui quadrillaient la route. Quand elle s'approche du village, elle se redresse et arrive devant la maison de son amoureux.

Sa maman ouvre la porte, une petite fille en pleurs accrochée à ses hanches. Assez froidement, oh ! ça fait un bout de temps. Ousmane, il n'est pas là, on passe notre vie à le chercher. Si tu pouvais le ramener pour de bon. Peut-être tu peux y arriver, ça m'étonnerait. À un de ces jours, tu es devenue bien jolie en tous cas. Elle ne lui propose pas de rentrer, comme avant. Pas de baisers sur les deux joues, comme avant. Aya passe devant l'église et n'a pas envie de s'y arrêter. Elle ne croit plus en rien, elle cherche Ousmane.

Elle fait le tour de l'île et va voir son arbre. Puis elle court vers le cimetière. Toujours pas d'Ousmane. Elle le cherche partout, épuisée de ne pas le trouver. Le soleil chauffe moins fort, les heures ont filé, elle retourne vers l'hôtel de Mona, elle veut la voir avant qu'elle reparte. Sur la plage, elle tombe sur elle, en grande palabre avec Mariama. Aya s'approche, s'allonge près d'elles et écoute leur bla-bla sans intérêt. Elle repense à son frère en regardant la mer. Il est parti un soir, il y a tellement longtemps, elle ne s'en souvient plus bien.

Mona se lève d'un coup et sort Aya de sa rêverie, tu sais, mon bateau part dans une heure, viens, on va préparer mes affaires.

Dès qu'elles sont seules, Aya lui raconte la mort de son frère. Mona l'écoute et range son sac en hochant la tête. Elle la regarde avec tant de tendresse. Elles attendent le ferry, qui a du retard. Mona ôte ses lunettes et repousse la mèche blonde qui tombe sur ses yeux.

« Ma chère Aya. Ton frère vivra toujours en toi. Tu dois continuer à lui parler, il t'aidera. Tu es une belle personne. Si jeune, et si sage. Je me demande si cette île n'est pas devenue trop petite pour toi. Toi et tes rêves tellement grands, tu ne dois jamais les oublier. Obéis à ton cœur, va où tu le sens, ne te laisse jamais influencer. Toi seule connais ton chemin. Ma confiance en toi est immense. Je serai toujours à tes côtés. Je suis heureuse de t'avoir rencontrée. »

Puis Mona remet ses lunettes, le bateau pointe son nez. Elle n'a pas voulu qu'Aya l'accompagne plus loin. Elle n'aime pas les départs.

De loin, Ousmane avait observé les deux femmes. Quand il voit Aya seule, abandonnée, il ne peut pas résister. Il va vers elle. Par le hublot, Mona les aperçoit. Elle soupire, un peu rassurée.

31

Le baiser

Face-à-face.

Il la regarde, elle le dévisage, il ne dit rien, elle se rapproche, il la respire, elle tremble, il est pétrifié, elle le frôle, il détourne la tête.

Une atmosphère dense, à couper au couteau. Tous les poils du corps d'Aya sont hérissés comme un barrage dérisoire.

Il détaille Aya, il l'a oubliée à force de l'idéaliser. Ses lobes d'oreilles, il ne les reconnaît pas, avec ce trou un peu lâche, trace d'un bijou perdu. Ses narines en forme de gouttes, ses sourcils en accent circonflexe et son creux au-dessus de la lèvre bombée : en détail, il la dévisage. Elle a presque sa taille, elle a trop grandi. Il plonge dans ses yeux et un tsunami soulève son ventre. Aspiré, il tousse et recule.

Aya ne bouge pas. La bouche ouverte. Muette. Un silence, comme le soir qui tombe. La plus longue minute de leur existence.

Aya et Ousmane se retrouvent. Ils se dirigent vers la

mer devenue noire comme l'encre. Ils s'asseyent, jambes croisées comme deux bouddhas bienveillants. Des paroles en l'air pour meubler le vide, pour cacher leur gêne. Peur d'en dire trop ou de dire pour de faux. L'océan les écoute, ils pèsent chaque mot comme au confessionnal. Puis, à court de salive et de mots mal à l'aise, ils s'étendent sur le sable encore tiède. Aya prend la main d'Ousmane et la serre douloureusement.

Il fait nuit noire quand Aya rentre chez sa tante, déboussolée. Elle avait imaginé des retrouvailles conte de fées. Mais elle a bien senti qu'Ousmane était soulagé quand ils se sont quittés. Son regard lui a fait un peu mal. Ousmane n'est plus comme avant. Et cela la heurte.

Les semaines passent. Un nouveau rythme s'installe dans la maison pleine de filles, avec Léo au centre de tout. Fatou n'a pas eu besoin d'insister, Aya et Léo vont rester chez elle. On verra bien par la suite. Deux jours par semaine, Aya va au marché vendre les noix et les broderies de Fatou. Pendant ce temps, celle-ci se repose ou garde Léo. Il est tellement mignon, j'aurais aimé en avoir un comme ça. Les cousines si gaies, Léo en folie, tout est joli. Les journées s'écoulent sans demander leur reste. Aya retrouve les sentiers qu'elle connaît par cœur.

Chaque matin, elle va chez Madeleine pour embrasser sa maman qui ne s'enfuit plus en la voyant et commence même à s'intéresser à Léo. Aya s'en retourne d'un pas dansant. Pas plus tard qu'hier, elle a revu Ousmane. Il est distant, il la salue, puis il repart, l'air pressé. Surtout quand elle est avec Léo. Alors Aya laisse un peu souvent son bébé, pour être libre et surtout pour qu'Ousmane se décide à lui parler de nouveau. Elle fait souvent les cent pas autour de sa maison, il finit toujours par en sortir. « *Kassoumaye*, Ousmane, tu fais quoi ? »

Aujourd'hui, il accepte enfin qu'Aya le suive. Elle se colle à ses basques comme une ombre envahissante. Il se retourne, et lui attrape le bras pour qu'elle aille plus vite.

Ils sont essoufflés et s'arrêtent pour reprendre leur respiration. Au milieu des mangroves, un ruisseau coule. Sans réfléchir, Aya se jette contre lui, lancée par un ressort qu'on aurait trop tiré. Elle met ses mains autour de son cou et n'a pas besoin de soulever ses talons pour que sa bouche touche la sienne. Un baiser humide, les langues dénouées. Son premier baiser. Aya a le front brûlant. Elle est avalée dans mille désirs. Submergée de délices.

Ousmane la serre contre lui, elle sent son cœur battre la chamade, ou peut-être est-ce le sien. Leurs pulsations se transforment en frissons inconnus. Elle exulte de toute cette douceur, son corps se liquéfie, elle se laisse fondre. Oh ! ce moment tant attendu qui arrive enfin ! Elle ferme les yeux pour se sentir plus près de son désir, et les ouvre vite pour s'assurer qu'elle ne rêve pas. Elle recule son visage et reprend son souffle qu'elle aimerait pourtant lui donner pour toujours. Elle plonge dans son regard et s'y noie au plus profond. Ses lèvres sont mouillées d'une saveur inconnue, elle rapproche sa bouche pour en retrouver le goût. Une seconde, ou un siècle, le temps n'existe plus. Juste rester là, et se rapprocher encore, encore, jusqu'à étouffer.

À ce moment précis où les étoiles lui font voir mille chandelles, elle sent monter en elle un jaillissement familier. Sa poitrine écrasée contre Ousmane a profité de la situation pour laisser fuir son liquide nourricier. Une montée de lait, non, c'est pas vrai ! Elle pose sa main sur ses seins inondés et recule, horrifiée. Elle croise ses bras pour se cacher et s'écarte en répétant « je suis tant désolée ».

En la voyant humiliée et transie, qui s'éloigne, Ousmane reste sans bouger. Sidéré. Il ne comprend pas. Il pense qu'elle le quitte une fois de plus, juste au moment où il allait se laisser faire. Pourquoi est-elle revenue si c'est pour le laisser tomber encore une fois ? Il retourne chez lui, assommé par le dépit.

Il est tiré de son lit, tu viens frérot, ça fait longtemps que t'es pas venu pêcher avec moi. Ousmane essaie d'oublier ce qui s'est passé la veille. Il plante ses baskets dans les pas de Léopold, la nuit n'est pas finie, il peut cacher ses yeux bouffis.

Arrivés sur la plage bleue de cette aube sans lune, ils tirent la pirogue qui se fait lourde comme si elle ne voulait pas quitter son nid de sable. Son frère saute dedans et Ousmane le pousse sur la mer endormie.

L'asticot remuant est accroché sans ménagement à l'hameçon et Léopold se lève pour envoyer valser sa ligne au loin. Ousmane est posté à l'avant et fixe la surface de l'eau redevenue si lisse qu'elle semble immobile. Hypnotisé par le rayon de lumière qui peigne à l'aquarelle l'étendue pâle, il ne pense à rien, et c'est ça qui est bien. Son frère qui le connaît par cœur a deviné sa peine. Il décortique une arachide, la propose à Ousmane qui s'étonne de tant de délicatesse :

« Eh ! frérot, tu me la fais pas à moi, je vois bien que t'es au fond du trou. C'est encore à cause d'elle ? J'ai jamais compris ce que tu lui trouves, elle est plate comme une limande.

– Tais-toi, tu sais pas, t'as pas le droit de dire ça, lâche-moi… »

Très énervé, il défend Aya, lui a le droit de la juger, pas les autres, et certainement pas cet imbécile qui n'y connaît rien. Il a la rage, Ousmane, et pour la première fois il peut gueuler ce qui le bouscule. Léopold, inquiet, se rapproche de lui et le frôle avec son grand corps maladroit. Dans la barque minuscule au milieu de l'océan d'huile, la colère d'Ousmane résonne furieusement.

Léopold est navré, même les poissons sont écœurés et contournent l'appât. Il ferait mieux de se taire et se promet de ne plus rien dire sur elle. Mais c'est plus fort que lui : « Oui, mais quand même, tu dois t'en défaire. Je suis sûr que tu ne dois plus la voir, tu allais mieux quand elle était pas là. Elle était partie faire son bébé Dieu sait où, et on avait la paix. T'en fais pas, frérot, je vais t'emmener, moi. On ira en pêcher d'autres, des vraiment filles, des douces comme des mangues, des belles comme des hibiscus. Une de perdue, dix de retrouvées, on va s'éclater. Laisse-la tomber, elle vaut pas le coup. Je t'ai jamais vu en vrac comme ça, j'ai les boules. Ah non, craque pas… regarde, ça y est, ça bouge, on en a attrapé un ! »

Il se contorsionne pour tirer l'énorme thioff qui échoue sur les pieds d'Ousmane. Le pire, c'est que Léopold a dit vrai. Il ne faut plus que je la voie. Elle m'en a trop fait, un point c'est tout.

En posant son pied à terre, Ousmane tire la barque, bien décidé à tout ranger. Son grand frère lui fait un clin d'œil. Il a raison.

32

Le premier pas

« Viens, mon bébé, oui, allez, bravo, mon Léo ! »

Dans la cour, au milieu du linge qui sèche et des bassines en plastique, Léo se concentre. Mettre un pas devant l'autre. Il tombe et se relève inlassablement, sérieux comme un pape. D'un côté sa maman, de l'autre Aglaé et sa sœur, toutes accroupies, l'encouragent les bras tendus vers lui. Il hésite, vacille, ne sait plus où donner de la tête ni de quel côté aller. Il se remet debout une fois encore. Et soudain il pousse un cri de guerrier, lève son pied et improvise enfin son premier pas. Il est tellement étonné qu'il en fait un deuxième et, avec un sourire jusqu'aux oreilles, il tombe dans les bras d'Aglaé, acclamé par des cris de joie.

Aya est émue de voir son fils se lancer avec tant de confiance. Depuis quelques jours, elle voyait bien qu'il en avait assez de traîner à quatre pattes, s'agrippant à tout ce qu'il trouvait pour se hisser. Et ce matin, il s'était même servi de la vieille chèvre qui se reposait devant la porte. Surprise d'être tirée par la barbichette pendant sa sieste, elle s'était retrouvée sur ses pattes en moins de deux. Les cris mêlés de l'animal et de l'enfant ont affolé Aya qui a accouru et découvert Léo debout, une touffe de poils à la main. Il n'osait plus bouger, surpris de sa propre témérité. La biquette était partie se réfugier sous un banc.

Léo, épuisé par son exploit, vient de s'endormir dans les bras d'Aglaé. En voyant la mine pensive d'Aya, celle-ci l'interroge : « Mais qu'est-ce que tu grignotes dans ta tête ? »

Aya ne sait pas quoi dire et baragouine en allant se réfugier dans la cuisine.

Son premier pas. Il grandit. Déjà qu'il commence à préférer les bouillies de Fatou au lait de sa maman. Il a moins besoin d'elle. Aya est lasse. « Ici, c'est toujours pareil. Le lundi, le mardi, les jours passent lentement. Et Léo qui préfère les bras d'Aglaé pour faire son premier pas, ça me rend triste… »

Pourtant certaines heures sont douces, surtout quand elle est seule avec son bébé et qu'il redevient juste à elle. Elle contemple son corps dodu et compte ses fossettes. Une, deux sur les coudes, quatre sur les genoux, deux juste au-dessus de ses fesses, et deux aussi sur ses joues quand il rit aux éclats. Et puis celle entre la lèvre et le nez, si bien dessinée. Hier, quand elle est allée voir Cissé, il lui a raconté à quoi elle servait, cette petite fossette-là.

« J'ai lu quelque part que c'était l'empreinte de l'ange. L'ange pose un doigt sur les lèvres du bébé, juste avant la naissance, et l'enfant oublie tout. Tout ce qu'il a appris là-bas, avant, au paradis. Comme ça, il vient au monde innocent… »

Aya le savait déjà que son fils avait côtoyé les anges. Quand il a ouvert ses yeux la première fois, ils étaient remplis du ciel antérieur.

En attendant, elle souffre tellement de l'attitude d'Ousmane. Il lui échappe. Depuis la dernière fois, quand elle est partie comme une voleuse, elle sent qu'il lui file entre les doigts. Ils jouent à cache-cache, elle ne le trouve jamais. Il l'évite, passe son chemin, un mur s'est dressé entre eux. Si elle le croise, il détourne les yeux et part en sifflant dans le sens inverse. Il ne fait même plus semblant. Il n'accepte pas ce qu'elle est devenue. Tous les ponts vers lui sont coupés.

Elle y pense sans cesse. Elle se voit enlacée à lui, tous deux entraînés par le courant d'un ruisseau. Au fur et à mesure des méandres de l'eau, leurs corps se détachent. Ousmane glisse et disparaît sur la rive sans se retourner. Aya sent un tourbillon l'attirer, elle arrive à nager à contre-courant. Elle ne veut pas se laisser couler. Elle veut choisir sa vie et décider de son destin, même si ça doit l'entraîner loin d'ici. Elle est devenue grande, elle est une maman pour de vrai, c'est dire si elle est forte. Elle va y arriver, elle trouvera son chemin. C'est comme ça. Ousmane ne veut plus d'elle, elle va continuer sans lui. Oui, c'est comme ça et c'est bien.

En plus, elle ne supporte plus l'ennui des jours de

marché. Elle y reste des heures, assise en attendant le moment où elle pourra tout remballer et retrouver son fils. Quand elle rentre enfin, Fatou est toujours là, vautrée sur le canapé défoncé, jouant avec Léo. Aya lui donne l'argent qu'elle a gagné, c'est jamais assez.

« Ben, dis donc, tu te donnes pas trop de mal, on dirait. »

Léo regarde sa maman et semble partager l'avis de Fatou. Aya s'interroge : « C'est bizarre, je mange à ma faim, j'ai un lit, mon fils a l'air heureux. Mes cousines et ma tante sont gentilles. Pourtant je me lève sans envie, je regarde partout et je ne suis nulle part. J'ai l'impression d'avoir des œillères comme l'âne du marché. Je me sens obligée de regarder devant, et je ne peux plus voir tous les côtés comme j'aimais tant. »

Elle pense à Ousmane et son ventre se tord. Maintenant elle a compris.

Il suffit de presque rien. Pour changer de direction, sortir les voiles et suivre le souffle du vent. Pour ne pas se laisser aller à la dérive des sentiments. Cette nuit-là, où la lune éclaire sa chambre, Aya écoute la petite voix qui s'échappe de ses désordres. Elle doit partir d'ici pour accomplir ce qu'elle ne doit pas rater. Dans sa détermination, il y a de la résignation.

Une plaie béante s'ouvre quand elle prend la décision de quitter Karabane et de laisser son enfant. Elle a bien réfléchi, c'est la seule solution. Léo a trouvé sa place ici.

Elle ne veut pas lui abîmer son enfance. Bien sûr, elle aura une vie cisaillée par mille souffrances comme tant de femmes qui n'ont pas d'autre choix.

Elle sait que Léo la réclamera quand il aura peur du noir. Elle lui manquera le premier jour où il ira à l'école. Le jour où il perdra sa première dent de lait. Le jour où une petite fille plus jolie que les autres passera devant lui et lui tirera la langue. Le jour où il s'écorchera les genoux, le jour où il se bagarrera avec son meilleur ami, le jour où il sera puni. Il la réclamera les jours où son corps souffrira de son absence.

Elle lui enverra des caresses qui se perdront dans le fil tortillé du téléphone. Des mots qui apaiseront sa douleur. Des cadeaux que le postier déposera en étant aussi content que si c'était pour lui.

Il s'habituera à une maman très loin.

Aya ne veut pas passer à côté de sa vie. Elle veut que son fils soit fier d'elle. Elle veut aller au bout d'elle-même, elle a confiance et sait qu'elle peut y arriver. Les mots de Mona résonnent dans sa tête et l'aident à regarder plus loin, à suivre son chemin. À Dakar, elle pourra habiter chez Anaïs. Et elle retournera dans la compagnie de Modou. Elle aime tant ça, le cirque.

Léo a rampé hors du lit de sa maman et, de son pas indécis, il est allé retrouver Fatou. Comme s'il avait entendu les pensées de sa mère. Comme s'il se préparait à ce qu'elle lui manque moins.

Alors, les jours se précipitent, ils sont comptés désormais. Aya veut en profiter avant son départ. À l'église, elle retourne s'agenouiller devant la Vierge et lui confie son fils pour qu'elle le protège. Elle prie avec la force de ses années toutes empilées, bonheur malheur mélangés. Le regard de la statue la rassure. Elle a le droit de partir. Aya parle à Léo. Il sera tellement mieux ici. Fatou est aux anges, elle va très bien s'en occuper, comme si c'était le sien… Et Aïssatou le verra souvent, maintenant elle aime bien le faire sauter sur ses genoux.

Aya lui a donné des milliers de baisers, un pour chaque jour de leur séparation. Elle le couche et le regarde s'endormir. Elle part ce soir sans vraiment réaliser.

Aglaé sera sa messagère. Elle lui a confié une lettre pour Ousmane. Elle y a mis son amour qui existe au-delà de tout mais qui ne pouvait pas supporter l'indifférence. Elle n'a pas pu tout lui écrire, les mots étaient restés bloqués.

Elle a embrassé ses cousines et Fatou qui l'ont accompagnée sur le quai. Elle est repartie par le même bateau, en regardant les vagues qui dansaient rien que pour elle.

Épilogue

Quinze années ont passé. Où ? Je me le demande. Quelque part, tout au fond de moi ou de l'univers.

J'ai réussi à me propulser sur la piste de mes étoiles. À Dakar, Modou m'a prise sous ses ailes et m'a enseigné à voler. J'ai travaillé nuit et jour pour ne plus penser à ceux que j'avais quittés. On s'habitue à tout, aux pires déchirures. En sautant d'une corde à l'autre, j'ai appris la ténacité, j'ai serré les dents et je ne suis jamais tombée. Avec la troupe de Cirq'art, j'ai voyagé dans le monde entier, j'ai parlé d'autres langues, j'ai rencontré des étrangers, j'ai dépassé les frontières. À chaque représentation, les applaudissements résonnaient, toujours plus forts. Tout l'argent que je gagnais, je l'envoyais à Fatou pour mon fils et à Madeleine pour ma mère.

J'ai ri, j'ai bu des vins de toutes les couleurs, j'ai dansé des nuits entières, j'ai embrassé des tas d'hommes, des beaux, des laids, des que je croyais aimer, des qui m'indifféraient.

J'ai rencontré des femmes voilées aux libertés souterraines, et des dévoilées bien plus enfermées. Des notables aux fronts bas, des ouvriers aux bras ouverts. Des jeunes déjà vieux et des vieux pleins d'ardeur. Des ridés, des lisses, des résignés, des révoltés. J'ai aimé leurs différences. J'ai appris les hauts et les bas, les épreuves qui s'abattent d'un coup. Je me suis accrochée à ma vérité comme à la corde lisse que j'attrapais pour monter le plus haut possible. Je suis devenue une femme libre, une femme européenne, j'ai quitté mes tresses et mes pagnes, j'ai tourné le dos à mes origines.

Tous les ans, le jour de Noël, j'allais prier dans une église ou seule dans ma chambre. Je voulais tant retrouver mon enfant et rembobiner le fil qui s'était relâché. Mais je savais qu'il était heureux à Karabane, et je ne voulais pas lui imposer ma vie de saltimbanque. Je ne pouvais pas non plus retourner là-bas pour le voir. Je n'aurais jamais pu le quitter une seconde fois. Alors, je continuais sur le chemin que j'avais choisi.

Pour mes vingt-cinq ans, Modou m'a fait un beau cadeau. Il m'a confié la direction artistique de sa troupe. En dix ans j'avais fait mes preuves, il m'a donné sa confiance. Je me suis installée à Bruxelles, et j'ai inventé des nouveaux spectacles. C'était passionnant, tout allait si vite, si bien. Entourée d'amoureux transis, je sortais tard le soir, et le matin je travaillais d'arrache-pied.

Mon fils me manquait toujours, il était devenu la voix que j'écoutais au téléphone. Nous grandissions loin l'un de l'autre sur un fil distendu. Puis, peu à peu, j'ai eu la mélancolie de mon pays, jusqu'à en étouffer. L'année de mes trente ans, j'ai décidé qu'il était temps. Il fallait que je retourne à Karabane. Je m'étais prouvé des tas de choses, ça suffisait. Le manque devenait insupportable, alors j'ai bifurqué. Avant qu'il soit trop tard, je suis rentrée chez moi. Sans hésitation, j'ai quitté mes amis et tout ce qui remplissait mes jours. J'ai délaissé ce qui était devenu ma vie et qui me semblait désormais vide.

Quand mes pieds se sont posés sur le sable de Karabane, ils ont, plus vite que les mots pour le dire, retrouvé leurs traces. Il était tôt, le jour se levait à peine. L'air tiède me caressait. Je revenais chez moi, je sentais mon âme m'envahir pour me soutenir. La plage, les pirogues, les palmiers, les oiseaux, le ciel m'accueillaient. En flottant dans mes pas, je tirais ma valise remplie à ras bord qui pourtant survolait les chemins de terre. L'odeur salée de l'océan m'envahissait, le goût de mon enfance remontait dans ma gorge, j'avalais ma salive sucrée.

Personne n'était venu me chercher. Mais je n'étais pas seule, j'étais accompagnée de tout ce qui m'entourait. Je retrouvais mes souvenirs, chaque arbre me saluait sur le chemin qui n'avait pas changé. De retour au pays ! C'était une évidence, et pourtant je marchais lentement pour me persuader que j'étais bien là. Comment avais-je pu oublier ces rues ensablées auxquelles j'appartenais ? Quand je suis arrivée devant la maison de Madeleine, mon cœur tremblait si fort que je n'ai pas entendu ma main cogner sur la porte.

En retrouvant Léo, j'ai cru voir mon frère. Il était si grand, il ne m'a pas reconnue. Je crois que Fatou n'a jamais su qu'elle avait élevé le fils de son mari. Mes économies ont servi à soigner maman. À l'hôpital de Ziguinchor, on lui a donné des pilules bleues qui lui ont rendu la paix…

J'ai revu Ousmane, il était le même. Je l'avais si souvent imaginé, il était resté comme dans mes pensées. Il s'était marié avec Abibatou, elle lui avait donné deux fils. Dès qu'il a su mon retour, il est venu me chercher. Comme si le temps s'était arrêté, nous sommes redevenus les enfants qu'on était. Plus rien n'aurait pu nous séparer.

Quand il m'a demandé d'être sa seconde épouse, je n'ai pas hésité. Même si, dans ma joie, retentissaient les paroles courroucées de mes amies de là-bas quand elles l'apprendraient. Qu'un homme puisse avoir plusieurs femmes, cela les dépassait.

En revenant à Karabane, j'ai retrouvé nos coutumes. Chez nous on sait tout, on connaît l'autre femme, elle devient notre amie. On élève nos enfants ensemble, on est une famille. Abibatou et moi, on est des sœurs, on partage tout, et sans y être obligées. J'ai épousé l'homme de ma vie.

Ousmane est tellement plein d'amour qu'il en a bien assez pour elle et moi. J'ai appris qu'on ne possède pas celui qu'on aime. Quand il me laisse pour faire ses nuitées avec Abibatou, je suis sûre qu'il pense à moi en la prenant dans ses bras. Les heures passées près de lui, elles comptent double. Sa présence m'enveloppe jusque dans ses absences et quand je le retrouve, c'est comme si c'était la première fois.

Je vois mon fils devenir un homme. Il est plein de courage, et aussi agile que moi. Il rêve de devenir trapéziste et va faire un stage à Dakar. Sans doute, il restera vivre là-bas. Et moi, je donne des cours d'acrobatie aux enfants du village dans une salle à la mairie.

Ma vie a tellement tourné dans tous les sens, un vrai cirque. Je ne regrette rien, j'ai suivi mon chemin. J'ai voulu, j'ai décidé. Mes failles m'ont permis d'entrevoir la lumière et de ne pas passer à côté de moi-même. J'ai fait les bons choix puisque, aujourd'hui, je suis là. Mon ventre est à nouveau aussi rond qu'un ballon. À l'aube du mois prochain, je vais mettre au monde l'enfant d'Ousmane. Une fille, j'espère, si c'est un garçon, je l'aimerai tout autant.

C'est mon histoire, enfin je crois. Peut-être que tout cela n'est jamais arrivé. Ce n'est pas à moi d'en décider.

Remerciements

Pardon à Friedrich Nietzsche pour avoir emprunté ses phrases et les avoir mises dans la bouche du curé de Karabane.

Merci à mes enfants, Noémie, Clémence et Matthieu, de m'avoir forcée à écrire.

Merci à Sophie de m'avoir inspiré le personnage d'Aya.

Merci à Mona et Danielle d'avoir fondé la Maison Rose à Guediawaye.

Merci à Pamela pour sa bienveillance.

Merci à Marie, éditrice attentionnée et pleine de grâce.

Merci à mes deux maris, Christian pour m'avoir fait découvrir le Sénégal et Jean-Marie pour m'avoir soutenue et encouragée avec une infinie patience.

Et merci à Aya qui dormait au fond de moi depuis longtemps et s'est réveillée au bon moment.

Composition : IGS-CP
Impression : CPI Bussière en avril 2019
Éditions Albin Michel
22, rue Huyghens, 75014 Paris
www.albin-michel.fr
ISBN : 978-2-226-43843-0
N° d'édition : 23240/01 – N° d'impression : 2042846
Dépôt légal : mai 2019
Imprimé en France